UMA
OBRA
DE

*

Xavier
de
Maistre

*

COM
TRADUÇÃO
DE

✳

Debora

✣

Fleck

✳

E
ARTES
DE

✻

Carla
†
Caffé

✻

Coordenação Editorial	Carolina Leal
Editorial	Roberto Jannarelli
	Victoria Rebello
	Isabel Rodrigues
Comunicação	Mayra Medeiros
	Pedro Fracchetta
	Gabriela Benevides
Preparação	Denise Schittine
Revisão	Fábio G. Martins
	Clarice Goulart
Diagramação & Produção Gráfica	Desenho Editorial
Projeto Gráfico	Giovanna Cianelli
	Victoria Servilhano
Capa	Giovanna Cianelli

Apresentação
CAMILA FREMDER

Com textos de
DEBORA FLECK
LEDA CARTUM
VERÓNICA GALÍNDEZ
CARLA CAFFÉ

São compostos de duas bestas e nenhuma alma:
DANIEL LAMEIRA
LUCIANA FRACCHETTA
RAFAEL DRUMMOND
&
SERGIO DRUMMOND

VIAGEM AO REDOR DO MEU QUARTO

Antofágica

Apresentação
* por *
𝕮𝖆𝖒𝖎𝖑𝖆 𝕱𝖗𝖊𝖒𝖉𝖊𝖗

Percorri as primeiras páginas de *Viagem ao redor do meu quarto* com a pressa de quem ignora a lição principal do livro: o apreço pelo ócio. Durante o processo, não conseguia deixar de pensar no enorme abismo de duzentos anos que me separa do autor. Considerando que já passei dos quarenta anos, e que Xavier de

Maistre tinha vinte sete quando produziu esta obra, imaginei que nossa desconexão não viria apenas do fato de vivermos em séculos diferentes. Mas o interessante é que, apesar desses conflitos temporais, durante a leitura me identifiquei com a maioria das reflexões, e compartilhei de cada sensação descrita. Como se toda essa distância se encurtasse e, de repente, compartilhássemos da mesma época, que não é a dele nem a minha, mas uma nova, criada a partir dos relatos do autor.

A maneira preciosa como o ócio é desfrutado no livro me fez perceber que vivemos numa era em que acessá-lo é algo difícil e quase proibido. O ser produtivo atropela qualquer exercício de observação. Vivemos de abreviar sentimentos e evitar contemplações com uma urgência doentia. Por isso, olhar um passado do qual nunca fiz parte foi um exercício delicioso, e assim peguei o ritmo do livro. Deixava o pensamento ir, o que Xavier de Maistre descreve como deixar "a alma viajar sozinha", para depois analisar essa viagem, como se fosse um ato físico, ou "o empreendimento metafísico mais espantoso que um homem pode executar".

Xavier de Maistre era um nobre militar francês e, certo dia, se viu punido com um confinamento disciplinar por uma briga que se desenrolou em um duelo. Escrever foi a sua saída, e, a cada página, ele se vinga da pena, munido de todo cinismo e ironia que só um castigo desses pode provocar. O resultado é esta obra perene, que inspirou Machado de Assis em *Memórias póstumas de Brás Cubas*. Além de escritor,

Xavier também foi pintor, balonista, militar e general. Casou e teve quatro filhos. Dá para dizer que viveu intensamente.

Foi muito interessante perceber as alternâncias de humor do autor conforme avançava na leitura. Me dei conta de que, enquanto acompanhava sua viagem ao redor de seu quarto, realizei por várias vezes uma jornada ao redor do meu próprio. Os dias (capítulos) iam passando, e nossa ansiedade aumentava — estávamos ansiosos juntos, De Maistre e eu. Tudo foi ficando mais profundo e intenso, ao ponto de precisar reler páginas inteiras, perdidas em meio às minhas aflições e suposições. Nas páginas finais, já me sentia um pouco menos sozinha.

Li deitada na cama, sentada na poltrona, jogada no chão do quarto enquanto encontrava um filete de sol para aliviar a angústia de um trecho mais complicado. Percebi que o macio do tapete contrastava com o gelado do piso de madeira. Ocupei o meu quarto de uma nova forma, descobri espaços e enxerguei detalhes. Perdi o ar e escancarei as janelas. Tudo está diferente. Mais rico e presente. Tudo isso em quarenta e dois curtos capítulos.

CAMILA FREMDER *é escritora, roteirista de TV, influenciadora e podcaster no programa* É nóia minha?. *Autora de cinco livros, entre eles o best-seller* Como ter uma vida normal sendo louca, *que foi adaptado para o teatro, e o mais recente,* Adulta sim, madura nem sempre. *É criadora da newsletter* Associação dos Sem Carisma, *que conta com mais de 35 mil inscritos. Produz conteúdo para agências e produtoras.*

I

Como é glorioso
inaugurar uma
nova carreira
e despontar de
repente no mundo
erudito, com um
livro de achados
à mão, feito um
cometa inesperado
a reluzir no espaço!

Não, não manterei mais meu livro in petto;[1] cá está ele, senhores, leiam-no. Empreendi e realizei uma viagem de quarenta e dois dias ao redor do meu quarto. As observações interessantes que fiz e o prazer contínuo que experimentei ao longo do caminho me despertaram o desejo de torná-la pública; a certeza de ser útil me convenceu a fazê-lo. Meu coração sente uma satisfação indescritível quando penso no número infinito de miseráveis aos quais ofereço um recurso garantido contra o tédio e um alívio para os males que enfrentam. O prazer de viajar pelo próprio quarto está a salvo da inveja aflita dos homens; independe da fortuna.

---

1. Em italiano, expressão que significa secretamente, em caráter sigiloso. Derivada do latim *in pectore* (no peito). [N. de T.]

Porventura existirá alguém tão infeliz, tão abandonado, que não tenha um refúgio aonde possa se retirar e se esconder de todo mundo? É o que basta de preparativos para a viagem.

Tenho certeza de que todo homem sensato adotará meu sistema, seja qual for sua personalidade e seu temperamento; quer seja avarento ou pródigo, rico ou pobre, jovem ou velho, quer tenha nascido sob a zona tórrida ou próximo ao polo, pode viajar como eu; enfim, na imensa família de homens que fervilham na superfície da Terra, não há um único sequer — não, nem um sequer (pensando nos que moram em quartos) — que seja capaz, depois de ler este livro, de negar sua aprovação à nova maneira de viajar que apresento ao mundo.

地下鉄銀座駅 **B5出口** 徒歩30秒
kate spadeの6,7階 (専用エレベーター有)

II

Eu poderia começar o elogio à minha viagem dizendo que ela nada me custou; esse ponto merece atenção.

Ele será primeiro enaltecido, festejado, por aqueles de fortuna medíocre; há outra categoria de homens junto aos quais o sucesso é mais garantido ainda, pela mesma razão de não custar nada. — Junto a quem, afinal? Ora! Ainda perguntam? Junto aos homens ricos. Aliás, essa maneira de viajar seria um bom remédio aos adoentados! Não precisarão temer as intempéries do ar e das estações. — Quanto aos covardes, estarão a salvo dos ladrões; não encontrarão precipícios nem charcos. Milhares de pessoas que antes de mim não tinham ousado, outras que não puderam, outras, enfim, que nem tinham sonhado em viajar, vão se inspirar em meu exemplo. O ser mais indolente hesitaria em se pôr em movimento comigo para alcançar um prazer que não lhe custará nem desgosto nem dinheiro? — Coragem, portanto, partamos. — Sigam-me, vocês todos que estão retidos num apartamento por conta de uma mortificação de amor ou negligência de amizade, longe da mesquinhez e da perfídia dos homens. Que todos os infelizes, os doentes e os entediados do Universo me sigam! — Que todos os preguiçosos se levantem em *massa*! — E vocês que arquitetam no espírito projetos sinistros de reforma ou recuo por alguma infidelidade; vocês que, num toucador, renunciam ao mundo por toda a vida; amáveis anacoretas de uma noite, venham também: abandonem, creiam-me, essas ideias sombrias; estão perdendo um instante de prazer sem ganhar nenhum de sabedoria: aceitem me acompanhar em minha viagem; avançaremos em pequenas jornadas, rindo, ao longo do caminho, dos viajantes que viram Roma ou Paris; — nenhum obstáculo poderá nos deter; e, ao nos abandonarmos alegremente à nossa imaginação, vamos segui-la para onde quer que ela deseje nos conduzir.

III

Há tanta gente curiosa no mundo!

Estou convencido de que gostariam de saber por que a viagem ao redor do meu quarto durou quarenta e dois dias em vez de quarenta e três, ou de qualquer outro período de tempo; mas como explicar ao leitor se eu mesmo não sei dizer? Tudo que posso garantir é que, se a missão é longa demais para o seu gosto, não dependeu de mim encurtá-la; à parte qualquer vaidade de viajante, eu teria me contentado com um capítulo. Estava em meu quarto, é verdade, com todo o prazer e as distrações possíveis; mas, infelizmente, não tinha o poder de sair dele por vontade própria; creio inclusive que, sem a intervenção de certas pessoas influentes que se interessavam por mim, e para as quais minha gratidão é infinita, teria tido tempo suficiente para lançar um *in-folio*,[2] tamanha era a disposição a meu favor dos protetores que me faziam viajar no meu quarto!

No entanto, sensato leitor, veja como esses homens estavam enganados e acompanhe, se possível, a lógica que lhe apresentarei.

Haveria algo mais natural e justo do que estrangular um sujeito que pisa no nosso pé por desatenção, ou deixa escapar um termo ofensivo num momento de raiva, motivado por nossa imprudência, ou, ainda, que tem o infortúnio de agradar a nossa amante?

---

2. Segundo o dicionário Houaiss, "diz-se da folha de impressão dobrada ao meio, de que resultam cadernos com quatro páginas (no passado, páginas de 22 cm x 32 cm)". [N. de T.]

Vai-se a um campo e lá, como fez Nicole com o Burguês Fidalgo, arrisca--se um golpe em quarta, enquanto ele se prepara com uma guarda em terça; e, para que a vingança seja certeira e completa, apresenta-se de peito nu, correndo o risco de ser assassinado pelo inimigo, para vingar-se dele. — Vê-se que não há nada mais coerente e, contudo, há quem desaprove esse louvável costume! Mas o que é tão coerente quanto o resto é que essas mesmas pessoas que o desaprovam e desejam que seja encarado como infração grave tratariam ainda pior aquele que se recusasse a cometê-lo. Mais de um pobre-coitado, para se conformar à opinião dessa gente, já perdeu a reputação e o emprego; de modo que, quando alguém tem a infelicidade de se envolver no que

chamamos de *uma questão*, não seria má ideia tirar a sorte para saber se mais vale encerrá-la segundo as leis ou segundo os costumes, e, como as leis e os costumes são contraditórios, os juízes poderiam também lançar aos dados sua sentença.
— E provavelmente também é preciso recorrer a uma decisão desse tipo para explicar por que e como minha viagem durou precisamente quarenta e dois dias.

IV

Meu quarto
situa-se a
quarenta e cinco
graus de latitude,

segundo os cálculos do padre Beccaria;[3] sua direção vai do nascente ao poente; forma um quadrilátero com trinta e seis passos de perímetro, passando bem rente à parede.

Minha viagem, contudo, compreenderá mais do que isso, pois muitas vezes atravessarei o quarto ao longo e ao largo, ou até na diagonal, sem seguir regra nem método. — Farei inclusive zigue-zagues e percorrerei todas as linhas geométricas possíveis, se a necessidade o exigir. Não gosto das pessoas que, de tão senhoras dos próprios passos e das próprias ideias, dizem: "Hoje vou fazer três visitas, vou escrever quatro cartas e terminar este trabalho que comecei."

---

3. Giovanni Battista Beccaria (1716-1781), professor de física da Universidade de Turim, na Itália. [N. de T.]

— Minha alma é completamente aberta a todo tipo de ideias, gostos e sentimentos; recebe com avidez tudo que se apresenta!... — Por que ela haveria de recusar os prazeres espalhados aqui e ali no difícil caminho da vida? Eles são tão raros, tão escassos, que só um louco não se deteria, não desviaria de seu caminho para recolher aqueles que estão ao nosso alcance. Não há nada mais atrativo, a meu ver, que seguir o rastro das próprias ideias, como o caçador persegue a caça, sem se preocupar em seguir nenhuma rota. De modo que, quando viajo no meu quarto, raramente percorro uma linha reta: vou da mesa até um quadro que fica num canto; dali, parto na diagonal em direção à porta; mas, embora minha intenção inicial fosse ir até lá, se topo com minha poltrona no caminho, não penso duas vezes e me acomodo nela na mesma hora. — Que móvel excelente é uma poltrona; é sobretudo de extrema utilidade para o homem meditativo. Nas longas noites de inverno, às vezes é agradável e sempre é prudente se refestelar com languidez numa poltrona, longe do tumulto das multidões. — Uma boa lareira, livros, penas; que belos recursos contra o tédio! E ainda que prazer é esquecer os livros e as penas para atiçar o fogo, abandonando-se a uma doce meditação ou compondo rimas para divertir os amigos! Assim, as horas resvalam por nós e tombam em silêncio na eternidade, sem nos fazer sentir sua triste passagem.

V

Depois da poltrona, caminhando para o norte, chega-se à minha cama, que se situa no fundo do quarto e forma a perspectiva mais agradável.

Sua disposição é a mais feliz possível: os primeiros raios de sol vêm brincar nas cortinas. — Eu os vejo, nos belos dias de verão, avançarem ao longo da parede branca, à medida que o sol se eleva: os olmos em frente à minha janela os ramificam de mil maneiras e os fazem oscilar sobre a minha cama, cor-de-rosa e branca, que propaga para todos os lados uma tonalidade encantadora ao refleti-los. — Ouço o gorjeio confuso das andorinhas que se apropriaram do telhado da casa e de outros pássaros que habitam os olmos: mil ideias aprazíveis ocupam meu espírito; e, no mundo inteiro, não há ninguém com um despertar tão agradável, tão tranquilo quanto o meu.

Confesso que adoro desfrutar desses doces instantes e que sempre prolongo, na medida do possível, o prazer que sinto em meditar no suave calor da minha cama. — Existe por acaso outro palco que se preste mais à imaginação, que desperte ideias mais ternas, do que o móvel onde me perco de vez em quando? — Pudico leitor, não se assuste — mas não posso então falar da alegria de um amante que envolve entre os braços, pela primeira vez, uma esposa virtuosa? Prazer inefável, que meu terrível destino me condena a jamais desfrutar! Não é na cama que a mãe, embriagada de felicidade pelo nascimento de um filho, esquece suas dores? É na cama que os prazeres fantásticos, frutos da imaginação e da esperança, vêm nos inquietar. — Enfim, é nesse móvel encantador que nos esquecemos, durante metade da vida, dos desgostos da outra metade. Mas que profusão de pensamentos agradáveis e tristes se misturam ao mesmo tempo em meu cérebro! Miscelânea espantosa de situações terríveis e deliciosas!

A cama nos vê nascer e nos vê morrer; é o palco efêmero onde a humanidade representa, alternadamente, dramas interessantes, farsas risíveis e tragédias medonhas. — É um berço guarnecido de flores; — é o trono do amor; — é um sepulcro.

VI

Este capítulo é destinado apenas aos metafísicos.

Ele vai pôr em relevo a natureza humana: é o prisma segundo o qual poderemos analisar e decompor as faculdades do homem, separando a potência animal dos raios puros da inteligência.

Para explicar como e por que queimei os dedos nos primeiros passos que dei ao começar minha viagem, preciso antes explicar ao leitor, nos mínimos detalhes, meu sistema *da alma e da besta*. — Essa descoberta metafísica influencia de tal modo minhas ideias e ações, que seria dificílimo compreender este livro se eu não fornecesse essa chave logo de início.

Eu notei, a partir de diversas observações, que o homem é composto de uma alma e uma besta. — São dois seres totalmente distintos, mas tão encaixados

um no outro, um sobre o outro, que a alma precisa apresentar certa superioridade sobre a besta para ser capaz de distinguir as duas partes.

Aprendi com um velho professor (uma de minhas lembranças mais remotas) que Platão chamava a matéria de *a outra*. Até aí tudo certo, mas eu preferiria dar esse nome por excelência à besta que se liga à nossa alma. De fato, essa substância que é *a outra* e que nos atormenta de maneira tão estranha. Percebemos, por alto, que o homem é duplo; mas dizem que é por ser composto de uma alma e de um corpo; e acusam esse corpo de não sei quantas coisas, porém injustamente, sem dúvida, pois ele é tão incapaz de sentir quanto de pensar. É à besta que devemos culpar, esse ser sensível, perfeitamente distinto da alma, verdadeiro *indivíduo* de existência, gostos, inclinações e vontade próprios, que só está acima dos outros animais por ser mais bem educado e provido de órgãos mais perfeitos.

Senhoras e senhores, orgulhem-se de sua inteligência o quanto quiserem; mas desconfiem bastante *da outra*, sobretudo quando estiverem juntas!

Já realizei inúmeras experiências a respeito da união entre essas duas criaturas heterogêneas. Identifiquei, por exemplo, com muita clareza, que a alma pode se fazer obedecer pela besta e que, por lastimável reciprocidade, esta obriga a alma a agir muitas vezes contra a própria vontade. Pelas regras, uma tem o poder legislativo e a outra o poder executivo; mas esses dois poderes se contradizem com frequência. — A grande arte do homem de gênio é saber educar bem a sua besta, para que ela possa caminhar sozinha, enquanto a alma, livre da penosa convivência, consegue se elevar até o céu.

Mas é preciso esclarecer esse ponto com um exemplo.

Quando você está lendo um livro, caro senhor, e uma ideia mais agradável lhe penetra de repente a imaginação, sua alma se agarra a ela na mesma hora e se esquece do livro, enquanto seus olhos seguem mecanicamente as palavras e as linhas; você termina de ler a página sem compreendê-la e sem lembrar o que acabou de ler. — A explicação é que sua alma, tendo ordenado à companheira que se ocupasse da leitura, não a advertiu sobre sua breve ausência; de modo que *a outra* continuou a leitura, ao passo que sua alma já não escutava.

VII

Não lhe parece claro? Eis mais um exemplo.

Num dia do verão passado, eu estava a caminho da Corte. Tinha pintado ao longo de toda a manhã, e minha alma, deliciando-se em meditar sobre a pintura, delegou à besta o cuidado de me transportar ao palácio real.

Que arte sublime é a pintura!, pensava minha alma; feliz é aquele que foi tocado pelo espetáculo da natureza, que não é obrigado a pintar quadros para viver, que não pinta apenas como passatempo, mas que, impressionado pela majestade de uma bela fisionomia e pelos jogos admiráveis da luz que se funde em mil tons sobre o rosto humano, esforça-se por se aproximar em suas obras dos efeitos sublimes da natureza! Feliz, ainda, é o pintor cujo amor pela paisagem conduz a caminhadas solitárias, que sabe expressar na tela o sentimento de tristeza que lhe inspira um bosque sombrio ou um campo deserto! Suas produções imitam e reproduzem a natureza; ele cria mares novos e negras cavernas ignoradas pela luz do sol; a seu bel-prazer, verdes arvoredos surgem do nada, o azul do céu se reflete em seus quadros; ele domina a arte de turvar os ares e fazer rugir as tempestades. Em outras ocasiões, oferece ao olhar do espectador encantado os campos aprazíveis da antiga Sicília: vemos ninfas desvairadas fugindo, por entre os juncos, das perseguições de um sátiro; templos de arquitetura majestosa elevam sua fachada soberba para além da floresta sagrada que os cerca: a imaginação se perde nas rotas silenciosas desse território ideal; os longínquos azulados confundem-se com o céu, e a paisagem completa, refletindo-se nas águas de um rio tranquilo, forma um espetáculo que nenhuma língua é capaz de descrever. — Enquanto minha alma fazia essas reflexões, *a outra* seguiu seu rumo, e só Deus sabe aonde ia! — Em vez de se encaminhar à Corte, conforme fora instruída, desviou de tal forma à esquerda, que no momento em que minha alma a reencontrou, ela estava à porta de Madame de Hautcastel, a meia milha do palácio real.

Deixo o leitor imaginar o que teria acontecido caso ela tivesse entrado sozinha na residência de tão bela dama.

VIII

Se é útil e agradável ter uma alma dissociada da matéria, a ponto de fazê-la viajar sozinha quando se julga oportuno, essa faculdade tem também seus inconvenientes.

É a ela, por exemplo, que devo a queimadura mencionada em capítulos anteriores. — Em geral, atribuo à minha besta a tarefa de cuidar dos preparativos do desjejum; é ela quem torra meu pão e o corta em fatias. Prepara uma maravilha de café e muitas vezes inclusive o toma sem que minha alma se envolva, a menos que esta se divirta ao vê-la trabalhar; porém isso é raro e de difícil execução: pois o natural, quando fazemos uma operação mecânica, é pensar em qualquer outra coisa; mas é extremamente difícil observar a si mesmo em ação, por assim dizer; — ou, para explicar melhor, segundo meu sistema, é difícil incumbir a alma de examinar os avanços da besta e vê-la trabalhar, sem tomar parte. — Eis o empreendimento metafísico mais espantoso que o homem pode executar.

Eu tinha apoiado minhas pinças na brasa para tostar o pão; um tempo depois, enquanto minha alma viajava, aconteceu de um toco incandescente rolar pela lareira: — minha pobre besta levou a mão às pinças, e acabei com os dedos queimados.

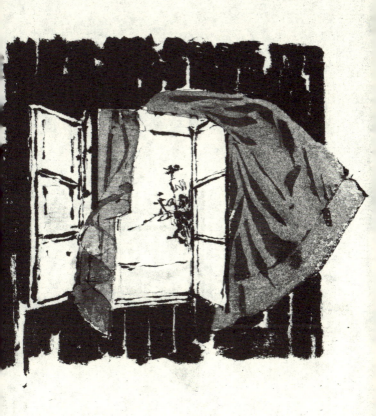

IX

Espero ter desenvolvido suficientemente minhas ideias nos capítulos anteriores, para dar o que pensar ao leitor e inclusive levá-lo a fazer descobertas nesse brilhante percurso: ele sem dúvida ficará satisfeito consigo mesmo se um dia conseguir fazer com que sua alma viaje sozinha; os prazeres que essa faculdade lhe proporcionará podem equilibrar, de resto, os quiproquós que eventualmente surjam daí. Pode haver prazer mais sedutor que o de expandir a própria existência, ocupando a um só tempo a terra e os céus e dobrando, digamos, o próprio ser? — O desejo eterno do homem, jamais satisfeito, não é ampliar seu poder e suas faculdades, querer estar onde não está, recordar o passado e viver no futuro? — Ele quer comandar exércitos, presidir academias; quer ser idolatrado pelas belas damas; mas, quando possui tudo isso, sente falta então do campo e da tranquilidade e inveja as choupanas dos pastores: seus projetos, suas esperanças fracassam sem trégua diante dos males reais inerentes à natureza humana; ele não sabe como encontrar a felicidade. Um quarto de hora de viagem comigo lhe mostrará o caminho.

Ah, por que ele não delega à *outra* esses míseros cuidados, essa ambição que o atormenta? — Venha, pobre miserável! Faça um esforço para romper as grades da prisão e, do alto do céu aonde vou conduzi-lo, do meio das esferas celestiais e do Empíreo, — observe sua besta, lançada ao mundo, a percorrer sozinha o caminho da fortuna e das honrarias; veja com que gravidade ela caminha entre os homens: a multidão se afasta com respeito e, creia-me, ninguém perceberá que ela está totalmente só; a última preocupação da turba em meio à qual ela transita é saber se ela tem uma alma ou não, se pensa ou não. — Mil mulheres sentimentais a amarão com furor sem sequer notar: ela pode inclusive elevar-se, sem o auxílio da sua alma, ao mais alto favor e à maior fortuna. — Por fim, não me surpreenderia nada se, ao voltarmos do Empíreo, sua alma, retornando para casa, se encontrasse na besta de um grande senhor.

X

Não pensem que, em vez de cumprir minha palavra, descrevendo a viagem ao redor do meu quarto, eu começo a divagar para me desvencilhar do assunto:

seria um tremendo equívoco, pois minha viagem de fato continua; e enquanto minha alma, ensimesmada, percorria no capítulo anterior as trilhas tortuosas da metafísica, — estava eu sentado em minha poltrona, de maneira que seus dois pés da frente elevavam-se a duas polegadas do chão; assim, balançando-me de um lado a outro, e ganhando terreno, eu tinha chegado sem perceber bem próximo à parede. — É minha maneira de viajar quando não estou com pressa. — Minha mão então pegou num gesto mecânico o retrato de Madame de Hautcastel, enquanto a outra se distraía tirando o pó que estava por cima. — A ocupação dava-lhe um prazer tranquilo, prazer que era sentido por minha alma, embora estivesse ela perdida nas vastas planícies do céu: pois cabe observar que, quando o espírito viaja assim pelo espaço, sempre se mantém atrelado aos sentidos por não sei que elo secreto; de modo que, sem se desobrigar de suas ocupações, pode participar dos gozos pacíficos da *outra*; mas se esse prazer aumenta até determinado ponto, ou se a alma é atingida por um espetáculo inesperado, ela logo retoma seu lugar com a velocidade de um raio.

Foi o que me aconteceu enquanto limpava o retrato.

À medida que o pano retirava o pó e fazia aparecerem os cachos de cabelo louro, bem como a guirlanda de rosas que os coroava, minha alma, a partir do sol para onde se transportara, sentiu um leve estremecimento de prazer e compartilhou com simpatia o gozo do meu coração. O gozo se tornou menos confuso e mais vivo quando o pano, de um golpe só, descobriu a fronte deslumbrante daquela encantadora fisionomia; minha alma esteve a ponto de abandonar o céu para usufruir do espetáculo. Mas, acaso se encontrasse nos Campos Elíseos, assistindo a um concerto de querubins, não teria se demorado nem meio segundo, quando sua companheira, cada vez mais interessada no trabalho, decidiu pegar uma esponja molhada que lhe apresentavam e passá-la nas sobrancelhas e nos olhos —, no nariz, — nas faces, — naquela boca; — ah, meu Deus! Como bate meu coração: — no queixo, nos seios: foi coisa de um momento; a figura completa pareceu renascer e surgir do nada. — Minha alma se precipitou do céu como uma estrela cadente;

encontrou *a outra* num êxtase arrebatador e conseguiu aumentá-lo, compartilhando-o. A situação singular e imprevista fez sumirem para mim o tempo e o espaço. — Passei a existir por um instante no passado e rejuvenesci contra a ordem da natureza. — Sim, ali estava a mulher adorada, ela mesma: vejo-a sorrindo; vai abrir a boca para dizer que me ama. — Que olhar! Venha, para que eu possa apertá-la junto ao peito, alma da minha vida, minha segunda existência! — Venha compartilhar minha embriaguez e minha felicidade! — O momento foi breve, porém magnífico: a fria razão logo retomou seu império e, num piscar de olhos, envelheci um ano inteiro; — meu coração tornou-se frio, gelado, e lá estava eu de novo em meio à massa de indiferentes que pesam sobre o globo.

XI

Não convém antecipar os acontecimentos:

a pressa em comunicar ao leitor o meu sistema da alma e da besta fez com que eu abandonasse a descrição da minha cama mais cedo do que deveria; tão logo a termine, retomarei a viagem do ponto em que a interrompi no capítulo anterior. — Apenas rogo ao leitor: lembre que deixamos *minha outra metade* segurando o retrato de Madame de Hautcastel bem perto da parede, a quatro passos da escrivaninha. Ao falar da cama, esqueci-me de aconselhar a todos que puderem que tenham uma cama rosa e branca: é evidente que as cores influem sobre nós, a ponto de nos alegrar ou entristecer de acordo com seus matizes. — O rosa e o branco são cores consagradas ao prazer e à felicidade. — A natureza, ao dar essas cores à rosa, deu-lhe a coroa do império de Flora; — e, quando o céu quer anunciar um belo dia ao mundo, colore as nuvens com esse tom fascinante no nascer do sol.

Um dia, subíamos com dificuldade uma trilha íngreme: a amável Rosalie ia à frente; sua agilidade lhe dava asas: não conseguíamos acompanhá-la. — De repente, ao chegar no topo de uma colina, ela se virou para nós a fim de retomar o fôlego e riu da nossa lentidão. — As cores de que faço o elogio talvez nunca tenham triunfado tanto. — As faces ardentes, os lábios de coral, os dentes brilhantes, seu pescoço de alabastro contra o fundo verde atraíram todos os olhares. Foi preciso pararmos para contemplá-la: não digo nada de seus olhos azuis, nem do olhar que lançou sobre nós, porque seria fugir do meu assunto, e aliás é algo em que penso o mínimo possível. Basta-me ter dado o mais belo exemplo imaginável da superioridade dessas duas cores sobre todas as outras e de sua influência sobre a felicidade dos homens.

Não avançarei mais por hoje. De que tema poderia tratar que não fosse insípido? Que ideia não se ofuscaria diante dessa outra? — Nem sei quando poderei recomeçar o trabalho. — Se eu for em frente, e o leitor desejar ver o seu fim, que se dirija ao anjo distribuidor de ideias e lhe peça para não mais misturar a imagem dessa colina à massa de pensamentos desconexos que me lança a todo instante.

Sem essa precaução, adeus viagem.

XII

. . . .

. . . .

. . . . . a colina. . . . .

. . . .

. . . .

. . . .

XIII

Os esforços são vãos;

é preciso adiar a partida e permanecer aqui contra minha vontade: é uma etapa militar.

XIV

Já comentei que gosto profundamente de meditar no doce calor da minha cama e que sua cor agradável contribui bastante para o prazer que ali encontro.

Para conceder a mim mesmo esse prazer, meu criado recebeu ordens de entrar no quarto trinta minutos antes da hora em que decidi me levantar. Eu o ouço andar de leve e *bisbilhotar* o quarto com discrição; o barulho me autoriza a cochilar: prazer delicado e desconhecido por muita gente.

Basta estarmos suficientemente despertos para perceber que não o estamos de todo e para calcular de forma confusa que a hora dos negócios e das chateações ainda está na ampulheta do tempo. Aos poucos, meu criado torna-se mais barulhento; é tão difícil se conter, e além do mais, ele sabe que a hora fatal se aproxima. — Olha meu relógio e faz soarem os berloques para me alertar; mas faço ouvidos moucos; e, para prolongar ainda mais esse momento fascinante, não há chicana que eu não apronte para cima do pobre infeliz. Tenho uma centena de ordens preliminares a lhe dar, a fim de ganhar tempo. Ele sabe muito bem que essas ordens, que dou com extremo mau humor, não passam de pretextos para que eu fique na cama sem parecer desejá-lo. Ele finge não perceber, o que me deixa verdadeiramente grato.

Por fim, quando já esgotei todos os meus recursos, ele avança até o meio do quarto e se planta ali, de braços cruzados, na mais perfeita imobilidade.

É preciso reconhecer que não haveria forma mais graciosa e discreta de desaprovar minhas ideias: portanto, nunca resisto a esse convite tácito; estendo os braços para lhe provar que entendi, e então me sento.

Se o leitor refletir acerca da conduta do meu criado, poderá se convencer de que, em certos assuntos delicados, do gênero deste, a simplicidade e o bom senso valem infinitamente mais que a engenhosidade de espírito. Ouso garantir que o mais elaborado discurso sobre os inconvenientes da preguiça não me convenceria a sair tão prontamente da cama quanto a censura muda do sr. Joannetti.

Que homem honestíssimo é o sr. Joannetti, e ao mesmo tempo o homem que mais convém a um viajante como eu. Está acostumado às frequentes viagens da minha alma e nunca ri das leviandades da *outra*; ele chega a orientá-la às vezes quando está sozinha, de modo que poderíamos dizer que ela é conduzida por duas almas. Quando ela se veste, por exemplo, ele me alerta por meio de um gesto que ela está a ponto de pôr a meia do lado avesso ou vestir antes a casaca do que o colete. — Minha alma já se divertiu muitas vezes ao ver o pobre Joannetti correndo atrás da louca sob as abóbadas da cidadela, para lhe dizer que tinha esquecido o chapéu; — noutra vez, o lenço.

Um dia (devo confessar?), não fosse esse fiel criado tê-la alcançado ao pé da escadaria, a cabeça de vento teria se encaminhado à Corte sem espadim, tão insolente quanto um grão-mestre de cerimônias portando sua majestosa batuta.

XV

"Pronto, Joannetti", eu disse, "pendure de novo esse retrato."

— Ele me ajudara a limpá-lo e sabia tanto sobre o que produziu o capítulo do retrato quanto sobre o que se passa na Lua. Tinha sido ele que por iniciativa própria me apresentara a esponja molhada e que, com essa atitude, aparentemente indiferente, fizera minha alma percorrer cem milhões de léguas num só instante. Em vez de devolvê-lo a seu lugar, ele ficou segurando o retrato para enxugá-lo. — Uma dificuldade, um problema por resolver, dava-lhe um ar de curiosidade que me chamou a atenção. — "Vejamos", falei, "o que você tem a dizer sobre o retrato?" — "Ah, nada, senhor." — "Mas então?" Ele o pousou de pé em uma das prateleiras da minha escrivaninha; depois, afastando-se alguns passos, disse: "Gostaria que o senhor me explicasse por que esse retrato vive me olhando, não importa onde eu esteja aqui no quarto. Pela manhã, quando arrumo a cama, o rosto se vira em minha direção, e se vou até a janela ele continua me olhando e me segue com os olhos pelo caminho." — "Então quer dizer, Joannetti", respondi, "que se o quarto estivesse cheio de gente essa bela dama olharia de soslaio para todos os cantos e para todas as pessoas ao mesmo tempo?" — "Ah, sim, meu senhor." — "Ela sorriria aos que vêm e vão, da mesma forma como sorri para mim?" — Joannetti não respondeu. — Eu me afundei na poltrona e, baixando a cabeça, me entreguei a meditações seríssimas. — Que raio de luz! Pobre amante! Enquanto você definha longe da sua amada, junto à qual talvez já tenha sido substituído; enquanto fixa os olhos avidamente em seu retrato e imagina (pelo menos no que concerne à pintura) ser o único que ela encara, a pérfida efígie, tão infiel quanto a original, dirige seus olhares a tudo que a cerca e sorri para todo mundo.

Eis uma semelhança moral entre certos retratos e seus modelos, que nenhum filósofo, nenhum pintor, nenhum observador, jamais notara.

Assim caminho de descoberta em descoberta.

XVI

Joannetti continuava na mesma postura, esperando a explicação que me havia solicitado.

Tirei a cabeça das dobras do meu *traje de viagem*, onde a enfiara para meditar à vontade e me recompor das tristes reflexões que acabara de fazer. — "Você não percebe, Joannetti", disse a ele após um momento de silêncio e virando a poltrona em sua direção, "não percebe que, sendo o quadro uma superfície plana, os raios de luz partem de cada ponto dessa superfície?..." Diante da explicação, Joannetti arregalou de tal forma os olhos, que era possível ver suas pupilas inteiras; além disso, estava com a boca entreaberta: no rosto humano, esses dois movimentos anunciam, segundo o famoso Le Brun, o ápice do espanto. Era minha besta, sem dúvida, que tinha iniciado semelhante dissertação; minha alma sabia muito bem que Joannetti ignorava completamente o conceito de superfície plana, que dirá o de raios de luz: tendo sua prodigiosa dilatação das pupilas me feito regressar a mim mesmo, enfiei de novo a cabeça na gola do meu traje de viagem, enterrando-a tanto, que cheguei a escondê-la quase toda.

Decidi comer ali mesmo: com a manhã já muito avançada, um passo a mais dentro do quarto me traria a refeição só à noite. Deslizei até a borda da poltrona e, pondo os pés sobre a lareira, esperei pela comida com toda paciência. Que postura maravilhosa: seria muito difícil, creio eu, descobrir outra posição que reunisse tantas vantagens e fosse tão cômoda para as pausas inevitáveis de uma longa viagem.

Rosine, minha cadelinha fiel, nunca perde a chance de puxar a barra do meu traje de viagem, para que eu a pegue no colo; ela encontra assim uma caminha toda pronta e bem confortável, no vértice do ângulo formado pelas duas partes do meu corpo: a consoante V representa maravilhosamente minha situação. Rosine se lança para cima de mim quando crê que demoro demais a pegá-la. Muitas vezes a encontro aqui, sem saber como chegou. Minhas mãos se ajeitam por si mesmas da maneira mais favorável a seu bem-estar, seja porque há uma simpatia entre essa amável besta e a minha, seja porque o acaso assim decidiu; — mas não acredito de modo algum no acaso, nesse triste sistema, — nessa palavra que nada significa. — Acreditaria antes no magnetismo;[4] — acreditaria antes no martinismo.[5] Não, não acredito em nada disso.

As afinidades entre esses dois animais são tão reais que, quando ponho os pés sobre a lareira por pura distração; quando a hora da refeição ainda está distante e nem estou pensando em fazer uma *pausa*, Rosine, no entanto, atenta ao movimento, denuncia o prazer que experimenta abanando de leve o rabo;

---

4. Referência à doutrina do magnetismo animal, ou mesmerismo, criada por Franz Anton Mesmer (1733-1815), médico vienense. Esse sistema terapêutico foi precursor da moderna prática de hipnotismo. Mesmer chegou a abrir um consultório em Paris, em 1778, onde suas consultas se tornaram famosas, mas foi alvo de críticas e acusado de charlatanismo pelos profissionais da medicina do seu tempo. [N. de T.]
5. Surgido no século 18, o martinismo foi uma corrente maçônica de misticismo, de origem judaico-cristã, fundada a partir dos ensinamentos de Martinès de Pasqually e Louis-Claude de Saint-Martin. [N. de T.]

a discrição a mantém em seu lugar, e *a outra*, percebendo tudo, fica-lhe agradecida: embora incapazes de entender a causa que produz tal fenômeno, estabeleceu-se entre elas um diálogo mudo, uma conexão de sensações muito agradável, que não poderia sob hipótese nenhuma ser atribuída ao acaso.

XVII

Que não me censurem por ser prolixo nos detalhes; é o costume dos viajantes.

Quando partem para escalar o Mont Blanc, quando vão visitar a enorme abertura da tumba de Empédocles,[6] nunca deixam de descrever com exatidão todas as minúcias, o número de pessoas, de mulas, a qualidade das provisões, o excelente apetite dos viajantes, tudo, enfim, até os tropeços da montaria são cuidadosamente registrados em diário para instruir o universo ocioso. Com base nesse princípio, decidi falar sobre minha querida Rosine, adorável animal que amo com verdadeira afeição, e consagrar-lhe um capítulo inteiro.

Em nossos seis anos de convivência, nunca houve o menor distanciamento entre nós; ou, se é que se produziu entre mim

---

6. Filósofo e poeta grego do século 5 a.C. Em uma das versões sobre sua morte, ele teria se jogado na cratera do vulcão Etna. [N. de T.]

京都 KEITO

JAPANESE RESTAURANT

e ela pequenos entreveros, confesso de boa-fé que os maiores equívocos sempre foram de minha parte e que Rosine sempre deu os primeiros passos para a reconciliação.

À noite, após ter sido repreendida, ela se retira com tristeza e sem resmungar: na manhã seguinte, ao raiar o dia, fica ao lado da minha cama, numa atitude respeitosa, e, diante da mínima movimentação de seu dono, ao menor sinal de que ele despertou, ela anuncia sua presença batendo com força o rabinho em minha mesa de cabeceira.

E por que eu recusaria minha afeição a esse ser carinhoso, que nunca deixou de me amar desde a época em que passamos a viver juntos? Minha memória não daria conta de enumerar as pessoas que já se interessaram por mim e me esqueceram. Tive alguns amigos, várias amantes, uma profusão de relações, e mais ainda de conhecidos; — e agora não represento mais nada a toda essa gente, que se esqueceu inclusive do meu nome.

Todas aquelas declarações, aqueles favores ofertados! Eu podia contar com a fortuna deles, com sua amizade eterna e sem ressalvas!

Minha querida Rosine, que nunca me ofereceu qualquer serviço, presta a mim o maior serviço que se pode prestar à humanidade: me amava no passado e continua me amando ainda hoje. Portanto, não hesito em dizer, eu a amo com uma porção do mesmo sentimento que concedo a meus amigos.

Que digam sobre isso o que bem entenderem.

XVIII

Tínhamos deixado Joannetti numa atitude de espanto, imóvel à minha frente, aguardando o fim da sublime explicação que eu havia iniciado.

Assim que me viu enfiar de repente a cabeça na gola do roupão e dar por encerradas minhas explicações, ele não duvidou um instante sequer de que eu ficara em silêncio na falta de boas justificativas e que ele tinha, por consequência, me vencido por conta da dificuldade que me havia apresentado.

Apesar da superioridade que conquistava dessa forma sobre mim, ele não revelou o menor sentimento de orgulho nem tentou de modo algum tirar vantagem. — Após um breve momento de silêncio, pegou o retrato, recolocou-o em seu lugar e se retirou ligeiro na ponta dos pés. — Ele sentia muito bem que sua presença era uma espécie de humilhação para mim, e sua delicadeza lhe sugeriu que se retirasse sem deixar que eu percebesse.

— Sua conduta, nesse episódio, me cativou profundamente e o deixou em posição mais vantajosa ainda em meu coração. Ele conquistará, sem dúvida, um lugar também no coração do leitor; mas se houver alguém tão insensível a ponto de o recusar depois de ler o próximo capítulo, é sinal de que os céus lhe deram, na certa, um coração de mármore.

XIX

"Que diabo!", eu lhe disse um dia, "é a terceira vez que mando você me comprar uma escova. Mas que cabeça! Que animal!" — Ele não respondeu nada:

tampouco respondera na véspera a insulto semelhante. Ele é sempre tão cuidadoso, dizia a mim mesmo, sem conseguir entender nada. — "Vá buscar um pano para limpar meu sapato", disse-lhe com raiva. Enquanto lá ele ia, me arrependi de tê-lo tratado tão mal. — Minha irritação passou num instante, assim que vi o cuidado com que tirava a poeira do meu sapato, sem tocar em minhas meias: apoiei a mão nele, em sinal de reconciliação. — "Mas qual!", disse a mim mesmo, "então quer dizer que há homens que desemporcalham o sapato dos outros em troca de dinheiro?" A palavra *dinheiro* foi um raio de luz a me iluminar. Lembrei-me de súbito que fazia tempo que não pagava ao meu criado. — "Joannetti", eu lhe perguntei, retirando o pé, "você está com algum dinheiro?" Diante da pergunta, os lábios dele esboçaram um meio sorriso de justificativa. — "Não, senhor, há oito dias que não tenho um tostão; gastei tudo que tinha para fazer suas compras." — "E a escova? Sem dúvida é por isso que?..." — Ele continuou sorrindo. — Poderia ter dito a seu patrão: "Não, não tenho nada de cabeça de vento, de *animal*, como o senhor teve a crueldade de dizer a seu fiel criado. Pague-me as 23 libras, 10 centavos e 4 denários que me deve e eu lhe compro a escova." — Preferiu se deixar maltratar injustamente a fazer o patrão se envergonhar de sua raiva.

Que o céu o abençoe! Filósofos! Cristãos! Então leram?

"Toma, Joannetti", disse a ele, "toma e vá correndo comprar a escova."

— "Mas o senhor vai ficar assim, com um sapato branco e o outro preto?" — "Vá comprar a escova, já disse; deixe, deixe essa poeira em meu sapato." — Ele saiu; apanhei o pano e limpei com prazer meu sapato esquerdo, sobre o qual deixei cair uma lágrima de arrependimento.

XX

As paredes do meu quarto são guarnecidas de gravuras e quadros que o embelezam de modo singular.

Eu adoraria, de todo o coração, deixar que fossem examinados pelo leitor, um por um, para entretê-lo e distraí-lo ao longo do caminho que ainda temos a percorrer até chegar à minha escrivaninha; mas explicar um quadro com clareza é tão impossível quanto fazer um retrato convincente a partir de uma simples descrição.

Que emoção o leitor não experimentaria, por exemplo, ao contemplar a primeira gravura que se apresenta ao olhar! — Veria nela a pobre Charlotte, enxugando demoradamente, com a mão trêmula, as pistolas de Albert.[7] — Sombrios pressentimentos e todas as

---

7. Charlotte e Albert são personagens do romance *Os sofrimentos do jovem Werther* (1774), de Johann Wolfgang von Goethe (1749-1832). [N. de T.]

angústias do amor sem esperança e sem consolo estão estampados em sua fisionomia, enquanto o frio Albert, envolto em pilhas de processos e papéis velhos de toda espécie, vira-se friamente para desejar boa viagem ao amigo. Quantas vezes não me senti tentado a quebrar o vidro que abriga a gravura, para arrancar esse Albert de sua mesa, para fazê-lo em pedacinhos, pisoteá-lo! Mas sempre sobrarão muitos Alberts neste mundo. Qual é o homem sensível que não tem um desses para chamar de seu, com quem é obrigado a conviver e contra o qual os derramamentos da alma, as doces emoções do coração e os arrebatamentos da imaginação vão se chocar, como as ondas que se quebram sobre os rochedos? — Feliz aquele que encontra um amigo cujo coração e espírito lhe agradam; um amigo com quem se une por conformidade de gostos, sentimentos e saberes; um amigo que não seja atormentado pela ambição nem pelo interesse; — que prefira a sombra de uma árvore à pompa de uma corte! — Feliz aquele que tem um amigo!

XXI

Eu tinha um
amigo: a morte
o tirou de mim;
apoderou-se dele
no começo de
sua carreira,

no momento em que sua amizade tinha se tornado uma necessidade urgente para o meu coração. — Nós nos apoiávamos mutuamente nas tarefas penosas da guerra; tínhamos apenas um cachimbo para os dois; tomávamos do mesmo copo; deitávamos sob a mesma tenda; e, nas circunstâncias infelizes em que estávamos, o lugar onde vivíamos juntos era para nós uma nova pátria: eu o vi exposto a todos os perigos da guerra, de uma guerra desastrosa. A morte parecia nos poupar um para o outro: mil vezes ela despejou seu rastro em torno dele sem atingi-lo; mas era só para tornar sua perda ainda mais dolorosa. O tumulto das armas e o entusiasmo que toma conta da alma diante do perigo teriam talvez impedido seus gritos de chegarem ao meu coração.

Se sua morte tivesse sido útil a seu país e funesta aos inimigos: — eu a lamentaria menos. — Mas perdê-lo em meio às delícias de um quartel de inverno! Vê-lo expirar nos meus braços no momento em que parecia esbanjar saúde; no momento em que nossa ligação se estreitava ainda mais, no sossego e na tranquilidade! — Ah! Nunca irei me conformar! No entanto, sua memória só resta viva em meu coração; ela não existe mais entre aqueles que o cercavam e o substituíram: essa ideia torna ainda mais penoso o sentimento de sua perda. A natureza, indiferente à sorte dos indivíduos, volta a vestir seu brilhante manto primaveril e se enfeita com toda a sua beleza em torno do cemitério onde ele repousa. As árvores se revestem de folhas e entrelaçam seus galhos; os pássaros cantam sob a folhagem; as moscas produzem seu zumbido entre as flores; tudo respira alegria e vida na morada da morte: — e à noite, enquanto a Lua brilha no céu e eu medito próximo a esse triste recanto, ouço o grilo prosseguir alegremente com seu canto incansável, escondido sob a relva que recobre a tumba silenciosa do meu amigo. A destruição insensível dos seres e todos os infortúnios da humanidade não representam nada no grande todo. — A morte de um homem sensível, que expira em meio a seus amigos desolados, e a de uma borboleta, que o ar frio da manhã faz perecer no cálice de uma flor, são dois eventos semelhantes no curso da natureza. O homem não passa de um

fantasma, uma sombra, um vapor que se dissipa no ar...

Mas o alvorecer matinal começa a esbranquiçar o céu; as sombrias ideias que me agitavam se dissipam com a noite, e a esperança renasce em meu coração. — Não, aquele que inunda assim de luz o Oriente não a fez brilhar sob meus olhos para me lançar em breve na noite vazia. Aquele que estendeu esse horizonte incomensurável, que elevou esses maciços enormes e fez o sol dourar esses picos congelados, é também aquele que ordenou que meu coração batesse e meu espírito pensasse.

Não, meu amigo de modo algum adentrou o vazio; seja qual for a barreira que nos separa, voltarei a vê-lo. — Não é sobre um silogismo que finco minha esperança. — O voo de um inseto que atravessa o ar é o suficiente para me persuadir; e muitas vezes a aparência do campo, o perfume dos ares e não sei que charme derramado ao meu redor elevam de tal modo meus pensamentos, que uma prova irrefutável da imortalidade penetra com violência na minha alma e a ocupa por inteiro.

XXII

Há tempos o capítulo que acabo de escrever se apresentava à minha pena, mas eu sempre o rejeitava.

Tinha prometido a mim mesmo só deixar a ver neste livro a face risonha da minha alma; mas esse intuito me escapou, como tantos outros: espero que o leitor sensível me perdoe por ter lhe solicitado umas lágrimas; e se alguém achar que na verdade eu poderia ter suprimido o triste capítulo, pode arrancá-lo de seu exemplar, ou mesmo lançar o livro ao fogo.

Basta-me que satisfaça ao seu coração, minha querida Jenny, você, a melhor e mais amada das mulheres; — você, a melhor e mais amada das irmãs; é a você que dedico minha obra; se tiver sua aprovação, terá a de todos os corações sensíveis e delicados; e se você perdoar os desvarios que às vezes me escapam, contra minha vontade, desafiarei todos os censores do Universo.

XXIII

Direi apenas uma palavra sobre a próxima gravura.

É a família do infeliz Ugolino,[8] que morre de fome: a seus pés, jaz um de seus filhos, sem movimento; os outros lhe estendem os braços debilitados, pedindo pão, enquanto o pobre pai, apoiado numa coluna da prisão, o olhar fixo e desnorteado, o rosto imóvel, — na terrível tranquilidade que chega com a última fase do desespero, morre a um só tempo de sua própria morte e daquela de todos os seus filhos, e sofre tudo que a natureza humana é capaz de sofrer.

---

8. Membro de uma família nobre de Pisa, Ugolino foi preso numa torre com dois filhos e dois netos, por seu rival, o arcebispo Ruggieri degli Ubaldini. Foram largados à própria sorte, sem receber comida. Conta-se que Ugolino, sendo o último sobrevivente, teria tentado comer a carne dos próprios filhos. O episódio inspirou uma das cenas mais terríveis do Inferno de Dante (*Divina Comédia*, canto XXXIII do "Inferno"). [N. de T.]

Bravo cavaleiro d'Assas, eis que expira sob cem baionetas, por um ímpeto de coragem, um heroísmo que não se conhece mais hoje em dia!

E você, que chora debaixo dessas palmeiras, negra infeliz! Você, traída e abandonada por um bárbaro, que sem dúvida não era inglês; — o que estou dizendo? Você, que ele teve a crueldade de vender como vil escrava, apesar de seu amor e de seus serviços, apesar do fruto da ternura que carrega no seio, — não passarei de forma alguma diante de seu retrato sem prestar a devida homenagem a sua sensibilidade e a suas desventuras!

Paremos um instante à frente deste outro quadro: é uma jovem pastora que cuida sozinha de seu rebanho no pico dos Alpes: está sentada num velho tronco de pinheiro, tombado e esbranquiçado pelos invernos; seus pés estão cobertos pelas enormes folhas de um tufo de cacália, cujas flores lilases se erguem acima de sua cabeça. Lavanda, tomilho, anêmona, centáurea, flores de toda espécie, que cultivamos com dificuldade em nossas estufas e nossos jardins, mas que nascem nos Alpes com toda a sua beleza primitiva, formando o tapete brilhante sobre o qual vagueiam suas ovelhas. — Adorável pastora, diga-me onde se encontra o feliz recanto da terra em que habita? De que redil remoto você partiu esta manhã, ao nascer da aurora? — Eu não poderia ir viver com você? — Mas, ah! A doce tranquilidade de que desfruta não tardará a se desvanecer: o demônio da guerra, não

satisfeito em devastar as cidades, vai em breve levar transtorno e terror até seu refúgio solitário. Os soldados já avançam; eu os vejo escalar montanhas e mais montanhas e se avizinhar das nuvens. — O barulho dos canhões se faz ouvir até na morada elevada do trovão. — Fuja, pastora, apresse seu rebanho, esconda-se nos antros mais remotos e selvagens: já não existe sossego nesta triste terra!

XXIV

Não sei como
isso me acontece;
faz algum
tempo que
meus capítulos
terminam sempre
num tom sinistro.

Em vão, ao começá-los, fixo o olhar em algum objeto agradável, — em vão embarco em águas tranquilas, porém em pouco tempo experimento uma tempestade que me faz ficar à deriva. — Para pôr fim a essa perturbação, que não me deixa ser senhor de minhas ideias, e para serenar os batimentos do coração, que tantas imagens comoventes acabaram por agitar em demasia, não vejo outro remédio senão uma dissertação.

Sim, quero cravar esse pedaço de gelo em meu peito.

Será uma dissertação sobre a pintura, pois me é impossível dissertar sobre qualquer outro objeto. Não posso descer totalmente do ponto até onde tinha me elevado agora há pouco: ademais, é a mesma *ideia fixa* do meu tio Toby.

Gostaria de dizer, de passagem, algumas palavras sobre a questão da preeminência da fascinante arte da pintura sobre a música: sim, quero pôr alguma coisa na balança, nem que seja um grão de areia, um átomo.

Diz-se a favor do pintor que ele deixa alguma coisa como legado; seus quadros sobrevivem a ele e eternizam sua memória.

Muitos respondem que os compositores de música também deixam suas óperas e concertos; — mas a música está sujeita à moda, enquanto a pintura, não. — As composições musicais que comoviam nossos antepassados são ridículas aos apreciadores de hoje, que as inserem nas óperas bufas para fazer rir os descendentes daqueles que outrora choravam.

Os quadros de Rafael encantarão nossa posteridade na mesma medida em que arrebataram nossos ancestrais.

Eis o meu grão de areia.

XXV

"Mas que me importa", disse-me um dia Madame de Hautcastel, "que a música de Cherubini ou de Cimarosa não se pareça com a de seus predecessores?

— Que me importa que a música antiga me faça rir, se a nova me comove deliciosamente? — É necessário para minha felicidade que meus prazeres se assemelhem aos da minha trisavó? Por que você vem me falar de pintura, de uma arte apreciada apenas por uma classe pouco numerosa de pessoas, enquanto a música encanta todos aqueles que respiram?"

Não sei muito bem, agora, o que se poderia responder a tal observação, com a qual não contava ao começar este capítulo.

Se a tivesse previsto, talvez não empreendesse esta dissertação. E que não tomem isso por um truque de músico. — Não é o caso, palavra de honra; — não, não sou músico: que o atestem o céu e todos que já me ouviram tocar violino.

Mas, supondo-se um mérito artístico igual numa arte e na outra, não deveríamos nos apressar em passar do mérito da arte ao mérito do artista. — Vemos crianças tocarem cravo como grandes mestres; porém jamais se viu um bom pintor de doze anos. A pintura, para além do gosto e do sentimento, exige uma cabeça pensante, da qual os músicos podem prescindir. Observamos todos os dias homens sem cabeça e sem coração extraírem sons encantadores de um violino ou de uma harpa.

É possível ensinar a besta humana a tocar cravo e, se ela aprender com um bom mestre, a alma pode viajar a seu bel-prazer, enquanto os dedos vão mecanicamente tirar sons aos quais ela não se mistura de maneira nenhuma. — Não se conseguiria, pelo contrário, pintar a coisa mais simples do mundo sem que a alma empregasse nisso todas as suas faculdades.

Se, no entanto, alguém se pusesse a distinguir entre a música de composição e a de execução, confesso que me veria em maus lençóis. Ah! Se todos os que fazem dissertações agissem de boa-fé, é assim que terminariam todas elas. — Ao começar o exame de uma questão, assumimos em geral um tom dogmático, pois estamos decididos internamente, como eu estava de fato decidido em prol da pintura, apesar da minha hipócrita imparcialidade; mas a discussão desperta a objeção, — e tudo termina em dúvida.

XXVI

Agora que estou mais tranquilo, tentarei falar sem emoção dos dois retratos que sucedem o quadro *A pastora dos Alpes*.

Rafael! Seu retrato só poderia ter sido pintado por você mesmo. Que outro teria ousado fazê-lo? — A fisionomia aberta, sensível, espirituosa, anuncia seu caráter e seu gênio.

Para deleitar sua sombra, coloquei bem ao lado o retrato de sua amante, a quem todos os homens, de todos os séculos, exigirão que preste contas, eternamente, pelas obras sublimes de que sua morte prematura privou as artes.

Quando examino o retrato de Rafael, sinto-me imbuído de um respeito quase religioso por esse grande homem que, à flor da idade, já havia superado toda a Antiguidade e cujos quadros provocam admiração e desespero nos artistas modernos. — Minha alma, admirando-o, experimenta um sentimento

de indignação contra essa italiana que preferiu seu amor a seu amante e apagou no próprio seio uma chama celestial, um gênio divino.

Infeliz! Então não sabia que Rafael anunciara um quadro superior ao da *Transfiguração*? — Acaso ignorava que tinha nos braços o favorito da natureza, o pai do entusiasmo, um gênio sublime, um deus?

Enquanto minha alma faz essas observações, sua *companheira*, fixando os olhos atentos sobre a figura arrebatadora daquela funesta beldade, sente-se totalmente pronta a lhe perdoar a morte de Rafael.

Em vão minha alma censura sua extravagante fraqueza, mas não é ouvida. — Estabelece-se entre as duas damas, nessas ocasiões, um diálogo singular que termina no mais das vezes com a vantagem do *mau princípio,* do qual reservo uma amostra para outro capítulo.

XXVII

As gravuras
e os quadros
que acabo de
mencionar
empalidecem e
desaparecem ao
primeiro olhar
que se lança
sobre o quadro
seguinte:

as obras imortais de Rafael, de Correggio e de toda a escola italiana não suportariam o paralelo. Portanto, deixo-o sempre para a última parte, como peça de reserva, quando proporciono a alguns curiosos o prazer de viajar comigo; e posso garantir que, depois de mostrar esse quadro sublime aos conhecedores e aos ignorantes, aos expoentes da sociedade e aos artesãos, às mulheres e às crianças, e mesmo aos animais, sempre vi os espectadores, quaisquer que fossem, exibirem cada um à sua maneira sinais de prazer e de espanto, de tão admiravelmente reproduzida que aí está a natureza!

Mas que quadro eu poderia apresentar-lhes, meus senhores, que espetáculo poderia ofertar a seus olhares, minhas senhoras, a fim de obter sua aprovação mais certeira, senão a fiel representação de vocês mesmos? O quadro a que me refiro é um espelho, e ninguém até hoje ousou criticá-lo; ele é, para todos aqueles que o contemplam, um quadro perfeito, no qual não há nada a retocar.

Há de se convir que ele deve ser tido sem dúvida como uma das maravilhas da região por onde passeio.

Não mencionarei o prazer que experimenta o físico ao meditar sobre os estranhos fenômenos de luz que exibem todos os objetos da natureza sobre essa superfície polida. — O espelho apresenta ao viajante sedentário mil reflexões interessantes, mil observações que o tornam um objeto útil e precioso.

Você, a quem o amor deteve ou ainda detém sob seu império, saiba que é diante de um espelho que ele aguça seus traços e medita suas crueldades; é aí que ele ensaia suas manobras, que estuda seus movimentos, que se prepara de antemão à guerra que pretende declarar; é aí que se exercita nos doces olhares, nas caras e bocas, nos enfados calculados, como um ator se exercita diante de si mesmo antes de se apresentar em público. Sempre imparcial e verdadeiro, o espelho devolve aos olhos do espectador as rosas da juventude e as rugas da idade, sem caluniar nem bajular ninguém. — É o único, entre os conselheiros dos grandes homens, que lhes diz sempre a verdade.

Essa vantagem me fez desejar a invenção de um espelho moral, diante do qual todos os homens pudessem se enxergar com seus vícios e suas virtudes. Considerei inclusive propor a alguma academia um prêmio por essa descoberta, mas certas reflexões maduras me provaram sua inutilidade.

Ah, é tão raro que a feiura se reconheça e quebre o espelho! Em vão os espelhos se multiplicam em nosso entorno e refletem com exatidão geométrica a luz e a verdade; porém, no momento em que os raios penetram nossos olhos e nos pintam tal como somos, o amor-próprio se intromete com seu prisma enganador entre nós e nossa imagem e nos apresenta uma divindade.

E de todos os prismas que já existiram, desde o primeiro que saiu das mãos do imortal Newton, nenhum jamais possuiu uma força de refração tão poderosa e produziu cores tão agradáveis e vibrantes como o prisma do amor-próprio.

Ora, uma vez que os espelhos comuns anunciam em vão a verdade e que cada um fica satisfeito com a própria imagem; uma vez que eles não podem dar a conhecer aos homens suas imperfeições físicas, para que serviria um espelho moral? Pouca gente deitaria os olhos nele e ninguém se reconheceria ali, — à exceção dos filósofos. — E mesmo nesse caso tenho minhas dúvidas.

Tomando o espelho pelo que é, espero que ninguém me censure por tê-lo colocado acima de todos os quadros da escola italiana. As damas, cujo gosto não falha e cuja decisão deve pautar tudo, sempre que entram num cômodo qualquer, costumam lançar seu primeiro olhar sobre esse quadro.

Mil vezes já testemunhei damas, e mesmo rapazes, esquecerem no baile seus amantes ou suas amadas, a dança e todos os prazeres da festa, para contemplar, com complacência acentuada, esse quadro encantador — e inclusive honrá-lo de tempos em tempos com uma olhadela em meio à contradança mais animada.

Quem poderia, então, disputar com ele o posto que lhe concedo entre as obras-primas da arte de Apeles?[9]

---

9. Pintor grego (século 4 a.C.), nascido na ilha de Kos. Tido por muitos como o mais importante pintor da Antiguidade. [N. de T.]

XXVIII

Eu tinha enfim chegado bem perto da escrivaninha; esticando o braço, já conseguiria tocar no ângulo mais próximo, quando me vi a ponto de destruir o fruto de todos os meus trabalhos e perder a vida. — Deveria manter silêncio sobre o acidente que sofri, para não desencorajar os viajantes; mas é tão difícil tombar de uma cadeira de viagem como esta da qual me sirvo, que se há de convir que é preciso ser um azarento de primeira, — tão azarento quanto eu, para correr semelhante perigo. Fiquei estatelado no chão, completamente virado e revirado; e tudo isso tão rápido, de forma tão inesperada, que eu teria me sentido tentado a pôr em dúvida meu malogro, se um zunido na cabeça e uma violenta dor no ombro esquerdo não me tivessem provado com tanta evidência a autenticidade do ocorrido.

Foi mais um tropeço da *minha metade*. Assustada pela voz de um pobre-coitado que tinha vindo pedir esmola à minha porta e pelos latidos de Rosine, ela fez minha poltrona girar bruscamente, antes que minha alma tivesse tempo de avisá-la que faltava um tijolo no chão, logo atrás; o impulso foi tão violento que minha cadeira de viagem ficou completamente fora de seu centro de gravidade e tombou sobre mim.

Eis, confesso, uma das ocasiões em que tive mais motivo para me queixar da minha alma; pois, em vez de ficar zangada com a própria ausência e repreender a companheira pela pressa, ela se descuidou a ponto de compartilhar o ressentimento mais *animal* e maltratar com palavras o pobre inocente. — "Seu preguiçoso! Vá trabalhar!", disse a ele (injúria execrável, inventada pela

riqueza avarenta e cruel). "Senhor", respondeu ele para me enternecer, "eu sou de Chambéry..." "E eu com isso?" — "Sou o Jacques, sou eu que o senhor viu no campo; eu que estava conduzindo os carneiros pelo pasto..." — "E o que é que veio fazer aqui?" Minha alma começava a se arrepender da brutalidade das minhas primeiras palavras. — Creio, inclusive, que já se arrependera um instante antes de deixá-las escapar. É o que acontece ao encontrarmos de súbito, no caminho, uma vala ou lamaçal: nós até os enxergamos, mas não há mais tempo de evitá-los.

Rosine acabou me reconduzindo ao bom senso e ao arrependimento: ela havia reconhecido Jacques, que costumava repartir seu pão com ela, e demonstrava-lhe, por meio dos afagos, sua lembrança e gratidão.

Nesse meio-tempo, Joannetti, depois de recolher os restos do meu jantar, que eram destinados ao seu, entregou-os sem hesitar a Jacques.

Pobre Joannetti!

É assim que, ao longo da viagem, vou aprendendo lições de filosofia e humanidade com meu criado e minha cachorrinha.

XXIX

Antes de seguir em frente, quero eliminar uma dúvida que talvez tenha se introduzido no espírito dos meus leitores.

Não gostaria, por nada neste mundo, que recaísse sobre mim a suspeita de ter começado esta viagem apenas por não saber o que fazer, e forçado, de certo modo, pelas circunstâncias: garanto, aqui, e juro por tudo que me é caro, que já tinha o propósito de empreendê-la muito antes do episódio que me fez perder a liberdade por quarenta e dois dias. Esse retiro forçado foi simplesmente a oportunidade de partir mais cedo.

Sei que o protesto gratuito que faço aqui soará suspeito a certas pessoas; — mas também sei que os desconfiados não lerão este livro: — eles já têm muitos afazeres em casa e na casa de amigos; têm muitos outros negócios: — mas as pessoas de bem acreditarão em mim.

Admito, porém, que preferiria me ocupar dessa viagem em outro momento, e que teria escolhido, para executá--la, antes a Quaresma que o Carnaval: no entanto, as reflexões filosóficas que me vieram do céu muito me ajudaram a suportar a privação dos prazeres que Turim apresenta em abundância nesses momentos de algazarra e agitação. — É bem verdade, eu vinha dizendo a mim mesmo, que as paredes do meu quarto não são tão magnificamente decoradas como as de um salão de baile: o silêncio da minha cabine não se compara ao agradável alvoroço da música e da dança; mas, entre os notáveis personagens que se encontram nessas festas, haverá certamente aqueles mais entediados do que eu.

E por que me empenharia em considerar os que estão em situação mais agradável do que a minha, enquanto o mundo pulula de gente mais desafortunada do que eu? — Em vez de me transportar pela imaginação a esse incrível *cassino*, onde tantas beldades são eclipsadas pela jovem Eugénie, basta que me detenha um instante nas ruas que levam até lá para que eu encontre a felicidade. — Uma multidão de infelizes, deitados seminus nos pórticos desses edifícios suntuosos, parece a ponto de morrer de frio e de miséria.

Que espetáculo! Gostaria que esta página do meu livro ficasse conhecida em todo o Universo; gostaria que soubessem que, nesta cidade, onde tudo respira opulência, nas noites mais frias de

inverno uma massa de infelizes dorme ao relento, a cabeça apoiada numa pedra ou no umbral de um palácio.

Aqui, um bando de crianças espremidas umas contra as outras, para não morrer de frio. — Ali, uma mulher trêmula e sem voz para se lamentar. — Os passantes vão e vêm, sem se comover com um espetáculo ao qual já estão acostumados. — O barulho dos coches, a voz da intemperança, os sons arrebatadores da música se misturam às vezes aos gritos desses infelizes, compondo uma terrível dissonância.

XXX

Quem se apressasse em julgar uma cidade tomando por base o capítulo anterior se enganaria redondamente.

Falei dos pobres que lá se encontram, dos seus gritos dignos de pena e da indiferença de certas pessoas a seu respeito; mas não disse nada sobre a massa de gente caridosa que dorme enquanto os outros se divertem, que se levanta ao raiar do dia e vai socorrer o infortúnio, sem testemunhas nem ostentação.

Não, não manterei tal fato em silêncio: quero escrevê-lo no verso da página *que todo o Universo deve ler.*

Depois de partilhar sua fortuna com seus irmãos, após lançar um bálsamo nos corações maculados pela dor, eles vão às igrejas rezar a Deus e agradecer as bênçãos recebidas, enquanto o vício extenuado dorme sobre o leito macio: no templo, a luz da lâmpada solitária combate ainda a luz do dia nascente, e já estão eles curvados ao pé dos altares; — e o Eterno, irritado pela insensibilidade e a avareza dos homens, retém seu raio prestes a ser disparado.

XXXI

Neste relato de viagem, resolvi dizer umas palavras sobre esses infelizes porque em muitos momentos a ideia de sua miséria me distraiu ao longo do caminho.

Por vezes, impressionado pela diferença entre a situação deles e a minha, parava de repente minha carruagem, e meu quarto me parecia prodigiosamente paramentado. Que luxo inútil! Seis cadeiras! Duas mesas! Uma escrivaninha! Um espelho! Quanta ostentação! Sobretudo minha cama, minha cama cor-de-rosa e branca, e meus dois colchões davam-me a impressão de desafiar a pompa e a indolência dos monarcas asiáticos. — Essas reflexões me deixavam indiferente aos prazeres que me haviam sido proibidos: e, de reflexão em reflexão, minha investida filosófica se tornava tal, que eu teria visto um baile no quarto vizinho, teria ouvido o som de violinos e clarinetes, sem me mexer do lugar onde estava; — teria escutado com meus dois ouvidos a

voz melodiosa de Marchesini,[10] essa voz que tantas vezes me conduziu para fora de mim mesmo, — sim, teria sido capaz de escutá-la sem me abalar; — mais do que isso, teria contemplado, sem sinal de emoção, a mais bela dama de Turim, Eugénie, a própria, adornada da cabeça aos pés pelas mãos de Mademoiselle Rapous. — Quanto a isso, porém, não tenho tanta certeza.

---

10. Luigi Marchesi (1754-1829), conhecido como Marchesini, nasceu em Milão e foi um dos mais proeminentes e carismáticos cantores europeus do período. [N. de T.]

XXXII

Mas permitam-me perguntar: os senhores ainda se divertem como antes num baile ou no teatro?

— Pois confesso que há algum tempo todas as aglomerações me inspiram certo pavor. — Sou tomado de assalto por um devaneio sinistro. — Em vão me esforço para enxotá-lo, mas ele sempre retorna, como o de Athalie.[11] — Talvez seja porque a alma, hoje inundada por ideias sombrias e quadros desoladores, encontra por todo lado motivos de tristeza, — como um estômago viciado que converte em veneno os alimentos mais saudáveis. — Seja como for, eis o meu devaneio: — quando estou numa dessas festas, no meio de uma multidão de homens amáveis e afetuosos, que dançam, cantam, — que choram nas

---

11. Na tragédia *Athalie* (1691), de Racine (1639-1699), a rainha que dá nome à peça tem um sonho terrível e profético, em que imagina uma morte violenta para si mesma (Ato III, Cena V). [N. de T.]

tragédias, que exprimem apenas alegria, franqueza e cordialidade, digo a mim mesmo: — neste encontro civilizado, se de repente entrasse um urso branco, um filósofo, um tigre ou qualquer outro animal dessa espécie e, subindo à orquestra, gritasse com uma voz colérica: — "Infelizes humanos! Ouçam a verdade que sai da minha boca: vocês são oprimidos, tiranizados, são infelizes, se entediam. Saiam dessa letargia!"

"Vocês, músicos, comecem quebrando esses instrumentos sobre a própria cabeça; que cada um se arme com um punhal; de agora em diante parem de pensar em diversão e festa; subam aos camarotes, degolem todo mundo; que as mulheres também sujem suas mãos tímidas no sangue!"

"Saiam, vocês são *livres*, arranquem seu rei do trono e seu Deus do santuário!"

— Pois bem, quantos desses homens fascinantes executarão o que disse o tigre? — Quantos talvez já não pensassem nisso antes de ele entrar? Quem sabe? — E, por acaso, não se dançava em Paris cinco anos atrás?

"Joannetti, feche as portas e as janelas. — Não quero mais ver a luz; que ninguém entre no meu quarto; — deixe o sabre ao alcance da minha mão, — saia você também, e não apareça mais à minha frente!"

料理長

秋山 能久

〒104-0061
東京都中央区銀座 5-5-19
銀座ポニーグループビル6F・7F
tel : 03-5568-6266 fax : 03-5568-6267
http://mutsukari.com
akiyama@ponygroup.com

XXXIII

"Não, não, fique, Joannetti; fique, meu pobre rapaz;

e você também, minha Rosine; você que adivinha minhas aflições e as suaviza com seus afagos; venha, minha Rosine; venha. — Aconchegue-se em meu V e descanse."

XXXIV

Minha queda da cadeira prestou ao leitor o serviço de abreviar minha viagem em uma boa dezena de capítulos, porque ao levantar me vi frente a frente com a escrivaninha, muito perto, de modo que não havia mais tempo para refletir sobre as várias gravuras e quadros que ainda tinha a percorrer e que poderiam ter alongado minhas incursões pela pintura.

Deixando, portanto, à direita os retratos de Rafael e de sua amante, o cavaleiro d'Assas e a pastora dos Alpes, e margeando a janela pelo lado esquerdo, avista-se minha escrivaninha: é o primeiro objeto e o mais notório que se apresenta aos olhares do viajante, quando segue o caminho que acabo de indicar.

Acima da escrivaninha, há prateleiras que servem de biblioteca; — o todo é coroado por um busto que encerra a pirâmide, e é o objeto que mais contribui ao embelezamento da paisagem.

Abrindo a primeira gaveta à direita, encontramos um tinteiro, papéis de toda espécie, penas bem aparadas e cera para lacrar envelopes. — Todo esse aparato deixaria até o ser mais indolente com vontade de escrever. — Tenho certeza, minha querida Jenny, de que se você por acaso viesse a abrir essa gaveta, responderia à carta que lhe enviei ano passado. — Na gaveta oposta, jazem confusamente amontoados os materiais da história comovente da prisioneira de Pignerol,[12] que vocês lerão em breve, caros amigos.

---

12. O prisioneiro do Pignerol: o mais célebre prisioneiro do Pignerol (Pinerolo, perto de Turim) era conhecido como o Homem da Máscara de Ferro, um sujeito de identidade desconhecida que acabou morrendo na Bastilha em 1703. Contudo, Xavier de Maistre usa no original em francês o feminino "prisioneira". [N. de T.]

Entre essas duas gavetas, há um vão onde jogo as cartas à medida que as vou recebendo: estão ali todas aquelas que recebi nos últimos dez anos; as mais antigas estão arrumadas em ordem cronológica, em diversas pilhas: as novas estão uma barafunda só; ainda conservo algumas que datam dos primeiros anos da minha mocidade.

Que prazer reencontrar nessas cartas episódios interessantes da nossa juventude, ser transportado de novo a esses tempos felizes que não voltaremos a ver!

Ah, como está pleno o meu coração! Ele sente um prazer melancólico, conforme meus olhos percorrem as linhas traçadas por um ser que não existe mais! Eis a sua caligrafia, foi o coração que conduziu sua mão, foi a mim que ele escreveu esta carta, e esta carta é tudo que me resta dele!

Quando levo a mão a esse reduto, é raro que a retire de lá antes do fim do dia. É assim que o viajante atravessa rapidamente algumas províncias da Itália, fazendo às pressas algumas observações superficiais, para se fixar em Roma por meses inteiros. — É o veio mais rico da mina que exploro. Que mudança nas minhas ideias e nos meus sentimentos! Que diferença nos meus amigos! Quando os examino à época e comparo aos dias de hoje, vejo-os mortalmente agitados por projetos que não os tocam mais agora. Enxergávamos determinado episódio como grande desgraça; mas falta o fim da carta, e o episódio já está completamente esquecido; não consigo mais saber do que se tratava. — Mil preconceitos nos cercavam; o mundo e os homens nos eram completamente desconhecidos; mas, por outro lado, quanto calor na nossa correspondência! Que ligação mais íntima! Que confiança ilimitada!

Éramos felizes com nossos erros. — E agora: — ah, não é mais assim; tivemos que ler, como os outros, no coração humano; — e a verdade, caindo sobre nós como uma bomba, destruiu para sempre o palácio encantado da ilusão.

XXXV

Dependeria apenas de mim escrever um capítulo sobre esta rosa seca que aqui está, se o assunto valesse a pena:

é uma flor do Carnaval do ano passado. Fui eu mesmo que a colhi nas estufas do Valentino,[13] e à noite, uma hora antes do baile, cheio de esperança e num estado de agradável emoção, ofereci a rosa de presente à Madame de Hautcastel. Ela a pegou, — a deixou sobre o toucador, sem olhá-la e tampouco olhar para mim. — Mas como haveria de me dar atenção? Estava ocupada olhando a si mesma. Em pé, diante de um grande espelho, toda penteada, ela dava o retoque final nos seus adereços: estava tão preocupada, com a atenção completamente absorvida pelos laços, tules e pompons de toda espécie empilhados à sua frente, que não obtive

---

13. Referência ao Castello del Valentino, que fica em Turim. Desde 1997, é patrimônio mundial da Unesco. [N. de T.]

sequer um olhar, nenhum gesto. — Fiquei resignado: segurava humildemente uns alfinetes prontos para serem usados; mas como sua caixa de costura estava mais ao alcance, ela os tirava dali, — e se eu estendia a mão, ela os pegava da minha mão — com indiferença; — e para pegá-los, limitava-se a tatear, sem tirar os olhos do espelho, por receio de se perder de vista.

Segurei por algum tempo um segundo espelho atrás dela, para que conseguisse julgar melhor a própria aparência; e, com sua fisionomia se refletindo de um espelho a outro, vi, portanto, uma perspectiva de coquetes, sendo que nenhuma dava atenção a mim. Enfim, devo confessar? Fazíamos, minha rosa e eu, uma tristíssima figura.

Acabei perdendo a paciência e, não podendo mais resistir ao ressentimento

que me devorava, pousei no toucador o espelho que tinha nas mãos e saí com raiva, sem me despedir.

"Então já vai?", perguntou ela, virando-se de lado para se ver de perfil. — Não respondi nada; mas fiquei escutando um tempo à porta, para saber o efeito que produziria minha saída brusca. — "Pois não enxerga", dizia ela à camareira, depois de um instante de silêncio, "não enxerga que esse *caraco*[14] é grande demais para a minha cintura, principalmente na

---

14. Peça do vestuário feminino do século 18. Trata-se de um vestido caracterizado por dimensões mais modestas (em contraste com outros vestidos que se usava à época, muito mais amplos e rebuscados) e por suas mangas longas e justas. Devido à sua simplicidade, não podia a princípio ser usado na Corte nem em ocasiões especiais. Era, sobretudo, uma roupa da Província, o que explica por que o caraco se tornou moda com a Revolução Francesa: era democrático. [N. de T.]

parte de baixo, e que é preciso fazer uma prega com uns alfinetes?"

Como e por que essa rosa seca se encontra numa prateleira da minha escrivaninha é algo que certamente não direi, pois declarei antes que uma rosa seca não merecia um capítulo.

Reparem bem, minhas senhoras, que não faço qualquer reflexão sobre a aventura da rosa seca. Não digo de forma alguma que Madame de Hautcastel fazia bem ou mal em preferir seus enfeites a mim, nem que eu tinha o direito de ser recebido de modo diferente.

Tomo ainda mais cuidado na hora de especular acerca de conclusões gerais sobre a verdade, a força e a duração da afeição das damas por seus amigos. — Contento-me em lançar este capítulo (posto que agora ele já existe), em lançá-lo ao mundo, eu dizia, com o restante da viagem, sem endereçá-lo ou recomendá-lo a ninguém.

Acrescentaria apenas um conselho: botem na cabeça que em dia de baile a amante dos senhores não lhes pertence.

No momento em que têm início os preparativos, o amante não passa de um marido, e o baile se transforma no único amante.

Todo mundo sabe, de resto, o que ganha um marido quando quer ser amado à força; aceitem, portanto, a contrariedade com paciência e bom humor.

E não se iluda, meu senhor: se veem com prazer sua chegada ao baile, não é pela qualidade de amante, pois ali você não passa de marido; é, antes, porque o senhor faz parte do baile e representa, consequentemente, uma fração de sua nova conquista; o senhor é um *décimo* de amante: ou então, talvez, é porque dança bem e a faz brilhar: enfim, o que pode haver de mais lisonjeiro no acolhimento que recebe dela é que, declarando como amante um homem respeitado como o senhor, ela provocará inveja nas companheiras; sem levar isso em conta, simplesmente nem olharia para o senhor.

Que fique, então, bem entendido; é preciso resignar-se e esperar que seu papel de marido tenha passado. — Conheço mais de um que consideraria esse um bom negócio.

XXXVI

Prometi um diálogo entre minha alma e a outra; mas há certos capítulos que me escapam, ou melhor, há outros que deslizam da minha pena como se contra minha vontade, desviando meus projetos da rota: entre eles está o da minha biblioteca, que farei o mais curto possível. — Os quarenta e dois dias chegarão ao fim, e um espaço de tempo igual não seria suficiente para concluir a descrição do rico país por onde viajo com tanto gosto.

Preciso dizer que minha biblioteca é composta de romances, — sim, de romances e de uma seleção de poetas.

Como se eu já não estivesse bem servido de sofrimento, compartilho por vontade própria as dores de mil personagens imaginários e as sinto tão vividamente como se fossem minhas: quantas

lágrimas não derramei pela infeliz Clarissa e pelo amante de Charlotte.[15]

Mas se procuro desse modo aflições fingidas, por outro lado encontro nesse mundo imaginário a virtude, a bondade e a generosidade que ainda não encontrei reunidas no mundo real onde existo. — Encontro por lá uma mulher como desejo, sem caprichos, sem leviandade, sem subterfúgios: não digo nada em termos de beleza; é possível se fiar na minha imaginação: faço-a tão bela que não há nada a retocar. Em seguida, fechando o livro, que não corresponde mais às minhas ideias, tomo-a pela mão e percorremos juntos uma paisagem mil vezes mais

---

15. Personagem do romance *Os sofrimentos do jovem Werther* (1774). [N. de T.]

encantadora que a do Éden. Que pintor poderia representar essa paisagem encantada aonde levo esta divindade do meu coração? E que poeta poderia descrever as sensações vivas e variadas que experimento nessas regiões cheias de encanto?

Quantas vezes não amaldiçoei aquele Cléveland,[16] que se mete a todo instante em novos infortúnios que poderia evitar! — Não suporto esse livro e sua sequência de calamidades; mas, se o abro por distração, preciso devorá-lo até o fim.

Como deixar esse pobre homem com os abaquis?[17] O que seria dele em meio a esses selvagens? Ouso menos

---

16. Referência ao grande romance de Prévost (1697-1763), *Le Philosophe Anglais, ou Histoire de M. Cleveland, Fils Naturel de Cromwell* (1731-1739). Cleveland é o típico herói "sensível", assombrado por tormentos interiores. [N. de T.]

17. Os abaquis aparecem no romance de Prévost. [N. de T.]

ainda abandoná-lo na excursão que faz para escapar do cativeiro.

Enfim, penetro de tal forma em suas aflições, me interesso tanto por ele e sua família infeliz, que a aparição inesperada dos ferozes ruintons[18] me arrepia os pelos: um suor frio me recobre assim que leio essa passagem, e meu pavor é tão vivo, tão real, como se eu mesmo fosse ser assado e comido por aquela escória.

Quando já chorei e amei o suficiente, procuro algum poeta e parto de novo em direção a outro mundo.

---

18. Os ruintons também aparecem no romance de Prévost. [N. de T.]

XXXVII

Da expedição dos Argonautas à Assembleia dos Notáveis; das profundezas do inferno à última estrela fixa para além da Via Láctea, até os confins do Universo, até as portas do caos, eis o vasto campo por onde passeio, de ponta a ponta, sem a menor pressa; pois disponho de tempo e também de espaço. É para lá que transporto minha existência, no rastro de Homero, Milton, Virgílio, Ossian etc.

Todos os episódios que aconteceram entre essas duas épocas, todos os países, todos os mundos e todos os seres que existiram entre esses dois termos, tudo isso é meu, tudo isso pertence a mim de forma tão legítima quanto os navios que entravam no Pireu pertenciam a um certo ateniense.

Amo sobretudo os poetas que me transportam à mais remota Antiguidade: a morte do ambicioso Agamêmnon, a fúria de Orestes e toda a história

trágica da família dos Atridas, perseguida pelos céus, me despertam um terror que os episódios modernos não conseguiriam proporcionar.

Eis a urna fatal que contém as cinzas de Orestes. Quem não estremeceria diante disso? Electra! Pobre irmã, acalme-se: é o próprio Orestes quem traz a urna, e as cinzas são dos inimigos dele!

Não se encontram mais hoje margens semelhantes às do rio Xanto ou Escamandro; — não se veem mais planícies como as de Hespéria ou de Arcádia. Onde estão hoje as ilhas de Lemnos e de Creta? E o famoso labirinto?[19] Onde está o rochedo que Ariadne, abando-

---

19. Referência ao Labirinto de Creta da mitologia grega, que segundo a lenda teria sido construído por Dédalo para abrigar o Minotauro. [N. de T.]

nada, regava com suas lágrimas? — Não vemos mais homens como Teseu, que dirá como Hércules; os homens, e até os heróis atuais, são pigmeus.

Quando quero proporcionar a mim, na sequência, um momento de entusiasmo, e desfrutá-lo com todas as forças da imaginação, agarro-me audaciosamente às pregas da túnica esvoaçante do sublime cego de Albion, no momento em que ele se lança ao céu e ousa se aproximar do trono do Eterno. — Que musa poderia sustentá-lo a essa altura, para onde ninguém antes dele ousara mirar? — Do fascinante átrio celeste que o avarento Mamon contemplava com olhos de inveja, passo com horror para as vastas cavernas da morada de Satanás; — assisto ao conselho infernal, misturo-me à massa de espíritos rebeldes e ouço seus discursos.

Mas preciso confessar aqui uma fraqueza que com frequência reprovo em mim mesmo.

Não consigo me abster de manifestar certo interesse por esse pobre Satanás (falo do Satanás de Milton), depois de ele ter caído do céu. Se por um lado desaprovo a teimosia do espírito rebelde, por outro confesso que a firmeza que ele demonstra diante da desgraça extrema e a grandeza de sua coragem obrigam-me a admirá-lo contra minha vontade. — Embora não ignore os infortúnios derivados da funesta empreitada que o levou a forçar as portas dos infernos para vir afligir o lar dos nossos ancestrais, não posso, por mais que tente, desejar vê-lo perecer no caminho, em meio à confusão do caos. Creio, inclusive, que o ajudaria de bom grado não fosse a vergonha que me detém. Sigo todos os seus movimentos e experimento com ele o mesmo prazer ao viajar que experimentaria caso estivesse em boa companhia. Por mais que eu reflita que, afinal, é um diabo, que está a caminho de perder o gênero humano; que é um verdadeiro democrata, não daqueles de Atenas, mas de Paris, nada disso é capaz de me curar da minha opinião prévia.

Que projeto mais vasto! E que atrevimento na execução!

Quando as espaçosas e triplas portas dos infernos se abriram de repente por completo diante dele, e o profundo fosso do vazio e da noite apareceu a seus pés em todo o seu horror, — ele percorreu com os olhos intrépidos o sombrio império do caos; e, sem hesitar, abrindo suas vastas asas, que poderiam cobrir um exército inteiro, lançou-se no abismo.

Desafio que o ser mais audacioso o imite. — É, a meu ver, um dos mais belos esforços da imaginação e uma das mais belas viagens que jamais foram feitas, — depois da viagem ao redor do meu quarto.

XXXVIII

Não terminaria
nunca se quisesse
descrever
a milésima
parte dos
acontecimentos
singulares que me
sucedem quando
viajo próximo à
minha biblioteca;

as expedições de Cook[20] e as observações dos seus companheiros de viagem, os doutores Banks e Solander, não são nada em comparação às minhas aventuras neste distrito singular: creio também que passaria a vida numa espécie de êxtase, não fosse o busto que mencionei, sobre o qual meus olhos e pensamentos sempre acabam por se fixar, seja qual for a situação da minha alma; e, quando ela está sob uma agitação muito violenta, ou quando se entrega ao desânimo, basta que eu olhe esse busto para devolvê-la ao seu equilíbrio natural: o busto é o *diapasão* com o qual afino

---

20. James Cook (1728-1779), navegador inglês que ficou famoso por suas inúmeras expedições. Seus relatos de viagem, logo traduzidos (1774 e 1785), fizeram enorme sucesso. [N. de T.]

o conjunto variável e dissonante de sensações e percepções que compõem minha existência.

Como é semelhante! — São justamente os traços que a natureza deu ao mais virtuoso dos homens. Ah! Se o escultor tivesse sido capaz de dar a ver sua grande alma, seu gênio e seu caráter! — Mas o que estou dizendo? Por acaso aqui é o lugar de fazer seu elogio? É aos homens que me cercam que o dirijo? E quem disse que se importam com isso?

Contento-me em me prostrar diante da sua querida imagem, você, o melhor dos pais! Infelizmente, essa imagem é tudo que me resta de você e da minha pátria: você deixou a Terra no momento em que o crime estava para invadi-la;[21] e tamanhos são os males com que ele nos oprime, que sua própria família é coagida a enxergar hoje sua perda como uma graça. Quantos males você não teria experimentado numa vida mais longa! Ah, meu pai, o destino da sua numerosa família chegou aos seus ouvidos na morada da felicidade? Acaso sabe que seus filhos estão exilados da pátria a que você serviu por sessenta anos com tanto zelo e integridade? Sabe que estão proibidos de visitar seu túmulo? — Mas a tirania não conseguiu arrancar a parte mais preciosa da sua herança: a lembrança das suas virtudes e a força dos seus exemplos: em meio à torrente

---

21. O pai de Xavier de Maistre morreu no dia 15 de janeiro de 1789. Em 5 de maio do mesmo ano teria início a Revolução Francesa. [N. de T.]

criminosa que arrastava sua pátria e sua fortuna para o precipício, eles continuaram inalteravelmente unidos sobre a linha que você lhes traçara; e, quando eles puderem se prostrar diante das suas veneradas cinzas, elas sempre hão de reconhecê-los.

XXXIX

Prometi um diálogo, portanto mantenho a palavra. — Era de manhã, na aurora do dia:

os raios de sol douravam a um só tempo o topo do monte Viso e o das montanhas mais elevadas da ilha que está nos nossos antípodas; e *ela* já estava acordada, seja porque seu despertar prematuro fosse efeito das visões noturnas que a deixam com frequência numa agitação tão exaustiva quanto inútil; seja porque o Carnaval, já próximo do fim, fosse a causa oculta desse despertar, um tempo de prazer e loucura que exerce influência sobre a máquina humana, bem como as fases da Lua e a conjunção de certos planetas. — Enfim, *ela* estava desperta, muito desperta, quando minha alma se livrou por conta própria das amarras do sono.

Fazia tempo que ela compartilhava confusamente as sensações da outra; mas estava ainda entrelaçada aos véus da noite e do sono; e esses véus lhe pareciam transformados em tules, cambraias, tecidos das Índias. — Minha pobre alma estava, então, como que empacotada em toda essa tralha, e o deus do sono, para retê-la com mais força sob seu império, acrescentava a tudo isso tranças de cabelos louros desordenados, laços de fita, colares de pérola: sentiria pena o espectador que a visse se debatendo nessas tramas todas.

A agitação da parte mais nobre de mim mesmo se transmitia à outra, que por sua vez atuava com força sobre minha alma. — Eu tinha atingido um estado difícil de descrever, quando finalmente minha alma, seja por sagacidade, seja por mero acaso, encontrou uma maneira de se livrar dos véus que a sufocavam. Não sei se encontrou uma abertura, ou se resolveu simplesmente erguê-los, o que é o mais natural; o fato é que descobriu a saída do labirinto. As tranças de cabelos desordenados continuavam lá; mas deixaram de ser um *obstáculo*, tornando-se antes um *meio*; minha alma agarrou-se às tranças, como um homem que, afogando-se, segura-se às plantas das margens; mas o colar de pérolas arrebentou no meio da ação, e as pérolas soltas rolaram pelo sofá, e dali para o parquê de Madame de Hautcastel; pois minha alma, por uma excentricidade que seria difícil de explicar, imaginava-se na casa dessa dama: um grande arranjo de violetas tombou no chão, e minha alma, despertando, retornou ao lar, levando consigo a razão e a realidade. Como se pode imaginar, ela desaprovou energicamente tudo que se passara na sua ausência; e aqui começa o diálogo que é objeto deste capítulo.

Jamais minha alma fora tão mal recebida. As reprimendas que ela fez nesse momento crítico acabaram turvando a harmonia: deu-se uma revolta, uma insurreição formal.

"Mas qual!", disse minha alma, "então é assim que, na minha ausência, em vez de recuperar as forças por meio de um sono tranquilo, tornando-se mais apta a executar minhas ordens, você decide *insolentemente* (o termo era um pouco forte) se entregar a arrebatamentos que minha vontade não aprovou?"

Pouco acostumada a esse tom de altivez, a *outra* retorquiu furiosa:

"Como cai bem à senhora (para afastar da discussão qualquer noção de familiaridade), como lhe cai bem adotar esses ares de decência e virtude! E não será aos desvios da sua imaginação e a suas ideias extravagantes que devo tudo que a senhora desaprova em mim? Por que a senhora não estava lá? — Por que teria o direito de usufruir sem mim, nas frequentes viagens que faz sozinha? — Alguma vez desaprovei suas atividades no Empíreo ou nos Campos Elíseos, suas conversas com as grandes mentes, suas especulações profundas (um pouco de zombaria, como se vê), seus castelos na Espanha, seus sistemas sublimes? Não teria eu o direito, quando a senhora me abandona assim, de desfrutar das bênçãos que me concede a natureza e dos prazeres que ela me apresenta?"

Minha alma, surpreendida por tamanha vivacidade e eloquência, não sabia o que responder. — Para resolver o assunto, tratou de cobrir com o véu da benevolência as reprimendas que acabara de se permitir; e, para não deixar a impressão de dar os primeiros passos rumo à reconciliação, achou por bem assumir também um tom cerimonioso. — "Minha senhora", disse ela por sua vez, com afetada cordialidade... — (Se o leitor achou a palavra deslocada quando foi dirigida à minha alma, que dirá agora, por menos que queira se lembrar do tema da discussão? — Minha alma não sentiu o extremo ridículo desse modo de falar, de tanto que a paixão obscurece a inteligência!) — "Minha senhora", disse ela então, "garanto que nada me daria tanto gosto quanto vê-la desfrutar de todos os prazeres a que sua natureza é suscetível, mesmo que deles eu não participasse, contanto que esses prazeres não fossem nocivos e não alterassem a harmonia que..." Nesse ponto minha alma foi interrompida vigorosamente: — "Não, não, não vou de forma alguma me deixar enganar por sua suposta benevolência: — a estadia forçada que vivemos juntas neste quarto por onde viajamos; o ferimento que recebi, e que não conseguiu me destruir, mas que ainda sangra; — tudo isso não é fruto do seu orgulho extravagante e dos seus preconceitos bárbaros? Meu bem-estar e minha própria existência não contam nada quando suas paixões a arrebatam, — e agora você finge se interessar por mim, como se suas reprimendas fossem fruto da sua amizade?"

Minha alma percebeu que não desempenhava o melhor dos papéis nesta ocasião: — começava, aliás, a se dar conta de que o calor da discussão acabara por suprimir sua causa, e aproveitou a circunstância para fazer um desvio: "Prepare um café", disse ela a Joannetti, que entrava no quarto. — O barulho das xícaras atraía toda a atenção da *insurgente*, e num instante ela esqueceu o resto. É assim que, mostrando um chocalho às crianças, fazemos com que se esqueçam das porcarias que elas exigem com tanta impaciência.

Cochilei sem perceber, enquanto a água esquentava. — Eu gozava desse prazer fascinante com o qual entretive meus leitores e que experimentamos quando nos sentimos prestes a cair no sono. O barulho agradável que Joannetti fazia, mexendo na cafeteira sobre o fogo, retinia no meu cérebro e fazia vibrarem todas as minhas fibras sensoriais, como a vibração da corda de uma harpa faz ressoarem as oitavas. — Enfim, vi uma espécie de sombra à minha frente; abri os olhos, era Joannetti. — Ah, que perfume! Que agradável surpresa! Café! Creme! Uma pirâmide de torradas! — Caro leitor, acompanhe-me no desjejum.

XL

Que rico tesouro de prazeres a boa natureza concedeu aos homens dotados de um coração que sabe aproveitar!

E que variedade nesses prazeres! Quem poderia contabilizar suas inúmeras nuances nos diversos indivíduos e nas diferentes fases da vida? A recordação confusa dos prazeres da infância ainda me faz estremecer. Eu deveria tentar pintar o que sente o jovem cujo coração começa a arder com os fogos do sentimento? Nessa idade feliz, em que se ignora o que chamamos de interesse, ambição, ódio e todas as paixões vergonhosas que degradam e atormentam a humanidade; nessa idade, infelizmente curta demais, o sol exibe um brilho que nunca reencontramos no resto da vida. O ar é mais puro; — as fontes são mais límpidas e frescas; — a natureza tem várias facetas, os bosques têm veredas que não voltamos a encontrar na idade

madura. Meu Deus! Que perfume desprendem essas flores! Como esses frutos são deliciosos! De que cores se reveste a aurora! — Todas as mulheres são amáveis e fiéis; todos os homens são bons, generosos e sensíveis; por todo lado encontramos cordialidade, franqueza e generosidade; na natureza existem apenas flores, virtudes e prazeres.

A agitação do amor e a esperança de felicidade não inundam nosso coração de sensações tão vivas quanto variadas?

Contemplar o espetáculo da natureza, seja no todo, seja nos detalhes, abre diante da razão uma imensa gama de fruições. Em pouco tempo a imaginação, planando sobre esse oceano de prazeres, aumenta-lhes em número e intensidade; as sensações diversas se unem e se combinam para então formar outras novas; os sonhos de glória misturam-se às palpitações do amor; o altruísmo caminha lado a lado com o amor-próprio, que lhe estende a mão; a melancolia vem de tempos em tempos lançar sobre nós seu véu solene e transformar nossas lágrimas em prazeres. — Enfim, as percepções do espírito, as sensações do coração, as próprias lembranças dos sentidos são, para o homem, fontes inesgotáveis de prazer e felicidade. — Que ninguém se espante, portanto, ao reparar que o barulho de Joannetti mexendo na cafeteira sobre o fogo e a visão inesperada de uma xícara de café com creme tenham causado sobre mim uma impressão tão viva e agradável.

XLI

Vesti imediatamente meu traje de viagem, depois de tê-lo examinado com um olhar de complacência;

e foi então que resolvi escrever um capítulo *ad hoc*, para apresentá-lo ao leitor. Uma vez que a forma e a utilidade desses trajes são de modo geral bem conhecidas, tratarei em particular de sua influência sobre o espírito dos viajantes. — Meu traje para o inverno é feito do tecido mais quente e macio que consegui encontrar; ele me envolve por inteiro, da cabeça aos pés; e quando estou na minha poltrona, as mãos nos bolsos, a cabeça enfiada na gola da roupa, fico parecendo a estátua de Vishnu, sem pés nem mãos, que se vê nos pagodes da Índia.

Quem quiser que chame de julgamento prévio a influência que atribuo aos trajes de viagem sobre os viajantes; o que certamente posso afirmar a esse respeito é que me parece tão ridículo avançar um só passo na minha viagem ao redor do quarto

usando meu uniforme, com a espada a tiracolo, quanto sair para o mundo de roupão. — Quando me vejo vestido assim, seguindo todos os rigores da pragmática, eu não apenas seria incapaz de continuar minha viagem, como creio que não teria condições de ler o que escrevi sobre ela até aqui, que dirá compreendê-lo.

Mas por acaso isso os surpreende? Não vemos todos os dias pessoas que acreditam estar doentes por terem a barba longa ou porque alguém considera que estão com ar de doentes e resolve dizê-lo? As roupas exercem tamanha influência sobre o espírito humano, que há pessoas combalidas que se sentem muito melhor quando se veem de trajes novos e peruca empoada; alguns enganam assim o público e a si mesmos com enfeites refinados; — eis que morrem numa bela manhã, penteadíssimos, e sua morte choca a todos.

Às vezes esqueciam de avisar ao conde de..., com alguns dias de antecedência, que ele deveria montar guarda: — um cabo ia acordá-lo cedíssimo, no próprio dia do serviço, para lhe anunciar essa triste notícia; mas a ideia de se levantar imediatamente, de botar suas polainas e sair assim, sem ter pensado a respeito na véspera, perturbava-o de tal forma, que ele preferia mandar dizer que estava doente e não sair de casa. Vestia, portanto, o roupão e dispensava o barbeiro, o que lhe conferia um ar pálido, de enfermo, alarmando a esposa e toda a família. Ele próprio se considerava *um tanto desmazelado* na ocasião.

Dizia-o a todo mundo, um pouco para sustentar a posição, um pouco por

acreditar de fato que não estava bem.
— A influência do roupão operava aos poucos, de modo quase imperceptível: os caldos que ele havia tomado, de boa ou má vontade, causavam-lhe náuseas; logo os parentes e amigos começavam a pedir notícias: era o suficiente para mantê-lo de vez na cama.

À noite, o doutor Ranson achava que seu pulso estava *fraco* e ordenava a sangria para o dia seguinte. Se o serviço de montar guarda tivesse durado um mês a mais, seria o fim do enfermo.

Quem ainda duvidará da influência dos trajes de viagem sobre os viajantes? Basta pensar que o pobre conde de... cogitou mais de uma vez fazer a viagem ao outro mundo por ter vestido, inapropriadamente, seu roupão no mundo de cá.

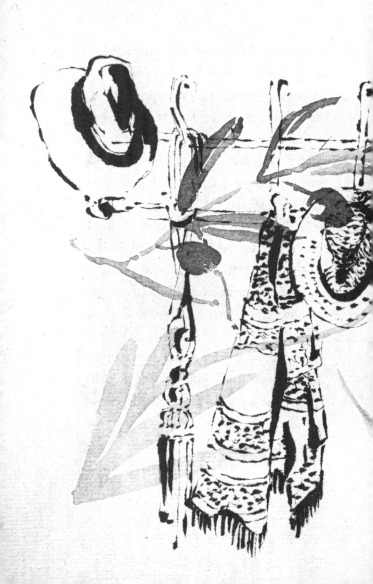

XLII

Eu estava sentado próximo à lareira, após o jantar, curvado sobre meu traje de viagem e entregue de forma voluntária a toda a sua influência, à espera da hora da partida, quando os vapores da digestão, chegando ao meu cérebro, obstruíram de tal modo as passagens por onde as ideias se instalam ao vir dos sentidos, que toda a comunicação ficou comprometida; e da mesma forma que meus sentidos não transmitiam mais nenhuma ideia ao meu cérebro, este, por sua vez, não conseguia mais enviar o fluido elétrico que lhes dá vida, e com o qual o engenhoso doutor Valli ressuscita rãs mortas.

É fácil imaginar, após ler esse preâmbulo, por que minha cabeça tombou sobre o peito e como os músculos do polegar e do indicador da minha mão direita, não sendo mais irrigados por esse fluido, relaxaram-se a ponto de deixar cair na lareira, sem que eu percebesse, o volume das obras do marquês

Caraccioli[22] que eu vinha segurando firme entre os dedos.

Eu havia recebido visitas, e a conversa com elas tinha girado em torno da morte do famoso médico Cigna, que acabara de falecer, uma perda universalmente lamentada: era um sujeito sábio, laborioso, bom médico e famoso botânico. — Os méritos desse homem hábil ocupavam-me o pensamento; e, no entanto, eu me perguntava: se me fosse permitido evocar a alma de todos que ele talvez tenha feito passar ao outro mundo, quem sabe se sua reputação não sofreria algum revés?

Pouco a pouco, eu avançava rumo a uma dissertação sobre a medicina e

---

22. Louis-Antoine Caraccioli (1719-1803), famoso escritor e orador, autor, entre outras coisas, do *Dictionnaire Critique, Pittoresque et Sentencieux* (1768). [N. de T.]

seus progressos depois de Hipócrates. — Perguntava-me se os famosos personagens da Antiguidade que morreram no leito, como Péricles, Platão, a célebre Aspásia e o próprio Hipócrates, teriam morrido como gente comum, de uma febre pútrida, inflamatória ou verminosa; se os teriam sangrado ou entupido de remédios.

Explicar por que pensei nesses quatro personagens e não em outros seria impossível para mim. — Quem é capaz de entender um devaneio? — Tudo que posso dizer é que foi minha alma que evocou o doutor de Kos, o de Turim e o famoso estadista que fez coisas tão belas e cometeu erros tão medonhos.

Mas, quanto à elegante amiga dos três, confesso humildemente que foi a *outra* quem a convocou. — No entanto, quando penso nisso, sinto-me tentado a experimentar uma pontada de orgulho, pois está claro que, nesse devaneio, a balança a favor da razão era de quatro contra um.

— É bastante para um militar da minha idade.

Seja como for, enquanto eu me entregava a essas reflexões, meus olhos acabaram se fechando e adormeci profundamente; mas, ao fechá-los, a imagem dos personagens em que eu havia pensado permaneceu pintada sobre a tela fina que chamamos de *memória*, e com essas imagens misturando-se no meu cérebro à ideia de evocação dos mortos, logo vi chegarem enfileirados Hipócrates, Platão, Péricles, Aspásia e o doutor Cigna com sua peruca.

Vi todos eles se sentarem nos assentos ainda dispostos em volta da lareira; apenas Péricles continuou em pé para ler os jornais.

"Se as descobertas que você me relata fossem verdadeiras", dizia Hipócrates ao doutor, "e se tivessem sido tão úteis à medicina como faz crer, eu teria visto diminuir o número de homens que descem todos os dias ao reino das sombras, e cuja lista comum, segundo os registros de Minos,[23] que verifiquei pessoalmente, é sempre a mesma de antes."

O doutor Cigna virou-se para mim: "Você certamente ouviu falar dessas descobertas?", me disse ele. "Conhece

---

23. Na mitologia grega, um dos três juízes do Inferno. [N. de T.]

a de Harvey sobre a circulação do sangue; a do imortal Spallanzani[24] sobre a digestão, cujo mecanismo agora conhecemos por completo?" — E discorreu em detalhes sobre todas as descobertas que diziam respeito à medicina e sobre a profusão de remédios que devemos à química; fez, enfim, um discurso acadêmico a favor da medicina moderna.

"Eu devia acreditar", respondi então, "que esses grandes homens ignoram tudo que você acabou de lhes dizer, e que a alma deles, livre dos entraves da matéria, encontra algo de obscuro em toda a natureza?" — "Ah, mas que equívoco o

---

24. Lazzaro Spallanzani (1729-1799), naturalista italiano, reconhecido por seu importante trabalho sobre os sistemas circulatório e digestivo e sobre os micro-organismos. [N. de T.]

seu!", gritou o *protomédico* do Peloponeso. "Os mistérios da natureza estão ocultos tanto para os vivos como para os mortos; apenas aquele que criou e dirige tudo conhece o grande segredo que a humanidade se esforça em vão para alcançar: eis o que ficamos sabendo às margens do rio Estige; e creia-me", acrescentou, dirigindo a palavra ao doutor, "dispa-se desse resto de espírito de classe que você trouxe da morada dos mortais; e, uma vez que os esforços de mil gerações e todas as descobertas da humanidade não conseguiram prolongar, nem por um instante, a existência humana; uma vez que Caronte transporta todos os dias em seu barco uma mesma quantidade de sombras, melhor não nos exaurirmos defendendo uma arte que, nesta morada dos mortos onde estamos, não seria útil nem aos médicos." — Assim falou o famoso Hipócrates, para minha grande surpresa.

O doutor Cigna sorriu; e, como os espíritos não podem recusar as evidências, nem calar a verdade, não apenas concordou com Hipócrates, como chegou a confessar, corando à maneira das grandes mentes, que sempre tivera suas dúvidas.

Péricles, que tinha se aproximado da janela, deu um longo suspiro, e não era difícil adivinhar seus motivos. Vinha lendo uma edição do *Moniteur*,[25] que anunciava a decadência das artes e das ciências; ele via ilustres sábios deixarem suas sublimes especulações para inven-

---

25. Fundada em 1789, a *Gazette Nationale ou le Moniteur Universel* foi, durante mais de um século, o veículo de comunicação oficial do governo francês. [N. de T.]

tar novos crimes; e estremecia ao ouvir uma horda de canibais comparando-se aos heróis da generosa Grécia, fazendo perecer no cadafalso, sem vergonha nem remorsos, velhos veneráveis, mulheres, crianças, e cometendo a sangue-frio os crimes mais atrozes e inúteis.

Platão, que tinha escutado nossa conversa sem dizer nada, vendo-a terminar de repente, de maneira inesperada, tomou a palavra.

"Eu entendo", disse ele, "que as descobertas feitas por seus grandes homens em todos os ramos da física são inúteis à medicina, que nunca poderá mudar o curso da natureza senão à custa da vida dos homens; mas o mesmo sem dúvida não acontecerá às pesquisas que já foram feitas sobre política. As descobertas de Locke sobre a natureza do espírito humano, a invenção da imprensa, as observações acumuladas pela história, tantos livros profundos que ajudaram a divulgar a ciência entre o povo; — tantas maravilhas, enfim, terão sem dúvida contribuído para melhorar a humanidade, e aquela República feliz e sábia que eu tinha imaginado, e que o século no qual eu vivia me fez enxergar como um sonho impraticável, por acaso existe hoje no mundo?" — Diante dessa pergunta, o honesto doutor baixou os olhos, e sua resposta veio por meio de lágrimas; depois, como ele as enxugava com um lenço, involuntariamente fez sua peruca girar, de modo que uma parte do seu rosto ficou escondida. — "Deuses imortais!", disse Aspásia, lançando um grito penetrante, "que figura estranha! Foi uma descoberta de seus grandes homens que o fez pensar em se pentear assim, com o crânio de outro?"

Aspásia, que bocejava com as dissertações dos filósofos, tinha se apoderado de uma revista de modas que estava sobre a lareira e vinha folheando-a havia um tempo, quando a peruca do médico a levou a soltar a tal exclamação; e, como a cadeira estreita e bamba onde estava sentada lhe era muito incômoda, ela havia pousado sem cerimônia as pernas nuas, ornadas por fitas, sobre a cadeira de palha que estava entre mim e ela, e apoiava o cotovelo num dos largos ombros de Platão.

"Não se trata de um crânio", respondeu-lhe o doutor, pegando a peruca e lançando-a ao fogo; "é uma peruca, senhorita; e não sei por que eu não joguei esse ornamento ridículo nas chamas do Tártaro[26] quando cheguei entre os senhores: mas os aspectos ridículos e os preconceitos são tão inerentes à nossa miserável natureza, que continuam nos seguindo até além-túmulo." — Senti um prazer extraordinário ao ver o doutor renunciar assim de uma só vez a sua medicina e a sua peruca.

"Eu lhe garanto", disse Aspásia, "que a maioria dos penteados representados aqui na revista que estou folheando mereciam o mesmo destino da sua peruca, de tão extravagantes que são!" — A bela ateniense se divertia imensamente

---

26. O Tártaro corresponde, na mitologia grega, à morada dos pecadores, dos condenados, em oposição aos Campos Elíseos. [N. de T.]

ao percorrer aquelas gravuras e se espantava, com razão, diante da variedade e excentricidade dos ornamentos modernos. Uma figura em especial a impressionou: era uma jovem dama, retratada com um penteado dos mais elegantes, e que Aspásia considerou apenas um pouco alto demais; mas o corte de tule que lhe cobria o colo era tão extraordinariamente amplo, que só a muito custo via-se a metade do rosto... Aspásia, sem saber que essas formas prodigiosas não passavam de obra do amido, não pôde se impedir de expressar a surpresa que seria redobrada, no sentido inverso, caso o tule fosse transparente.

"Mas poderia nos explicar", disse ela, "por que as mulheres de hoje parecem usar roupas que antes servem para se esconder do que para se vestir? Mal deixam visível o rosto, única forma de saber seu sexo, de tanto que as formas do corpo são desfiguradas pelas pregas bizarras dos tecidos! De todas as figuras representadas nessas páginas, nenhuma deixa o pescoço, os braços ou as pernas descobertos: como é que seus jovens guerreiros não tentaram ainda destruir um costume desses? "Aparentemente", acrescentou ela, "a virtude das mulheres de hoje, que se traduz no jeito de se vestir, ultrapassa em muito a das minhas contemporâneas."

Ao concluir sua fala, Aspásia olhou para mim, parecendo exigir uma resposta. — Fingi não perceber; — e, para simular um ar distraído, empurrei para as brasas, usando as pinças, os restos da peruca do doutor que haviam escapado do incêndio.

— Percebendo, em seguida, que uma das sandálias de Aspásia estava desamarrada, disse-lhe: "Permita-me, adorável senhora"; — e, falando assim, me curvei energicamente, levando as mãos à cadeira onde eu acreditava ver aquelas duas pernas que no passado fizeram grandes filósofos cometerem disparates.

Estou convencido de que, nesse momento, eu atingia o verdadeiro sonambulismo, pois o gesto que menciono foi muito real; mas Rosine, que de fato repousava sobre a cadeira, achou que o gesto fosse para ela; e, saltando irrefletidamente no meu braço, fez mergulharem de novo no inferno as sombras famosas evocadas pelo meu traje de viagem.

Fascinante país da imaginação, concedido aos homens pelo Ser benévolo

por excelência, para consolá-los da realidade, preciso me despedir.

É hoje que certas pessoas, das quais dependo, pretendem devolver minha liberdade, como se a tivessem tirado! Como se estivesse em suas mãos roubá-la de mim um único instante, impedindo-me de percorrer, a meu bel-prazer, o vasto espaço sempre aberto à minha frente! — Proibiram-me de percorrer uma cidade, um ponto; mas deixaram-me o Universo inteiro: a imensidão e a eternidade estão às minhas ordens.

É hoje, portanto, que fico livre, ou melhor, que volto para as grades! O jugo dos negócios pesará de novo sobre mim; não darei mais um passo que não seja medido pela decência e pelo dever. — Terei sorte se alguma deusa caprichosa

não me fizer esquecer uma e outro e se eu conseguir escapar desse novo e perigoso cativeiro.

Ah! Por que não me deixam terminar minha viagem? Então era para me punir que tinham me relegado ao meu quarto? — A essa região aprazível que abarca todos os bens e todas as riquezas do mundo? Seria o mesmo que exilar um rato num celeiro.

Contudo, jamais percebi com tanta clareza que sou *duplo*. — Enquanto lamento o fim dos meus prazeres imaginários, sinto-me consolado à força: um poder secreto me arrasta; ele me diz que preciso do ar e do céu, e que a solidão se assemelha à morte. — Estou pronto; — minha porta se abre; — vago sob os espaçosos pórticos da via Po; — mil fantasmas agradáveis rodopiam diante dos meus olhos. — Sim, eis aqui este casarão, — esta porta, — esta escada; — já consigo sentir um sobressalto.

É assim que antecipamos um gosto ácido quando cortamos um limão para comer.

Ah, minha besta, minha pobre besta, cuide-se!

FIM DA VIAGEM AO REDOR DO MEU QUARTO

Caderno de viagens
* por *
𝕮𝖆𝖗𝖑𝖆 𝕮𝖆𝖋𝖋é

    Tenho o vício de desenhar para me aproximar das coisas. É como se desenhar ao redor me fizesse ver melhor, ouvir melhor e conhecer aquela pessoa ou aquele lugar mais a fundo.

    O tempo, em suspenso, é contemplar o agora, para registrar, através da linha solta, a realidade que abraça o meu corpo. Olhar. Um imenso prazer ao contemplar o momento e dar à mão, literalmente dar à mão o protagonismo do agora. Sem julgamentos é melhor. Quanto mais se desenha, menos se julga, e o desenho acontece. É preciso viajar para chegar a esse lugar, e o melhor companheiro é um caderno, um diário com folhas sem pauta, para que a mão desenhe o que o olhar contempla. Tem o pincel, tem a água, a aquarela que molha a memória e desfaz o branco da folha com manchas de tempos vividos. Nada é preciso, a linha ora acontece, ora desaparece e a única presença definida é a sombra, o preto que desenha a forma.

Nas conversas com Daniel Lameira sobre o romance de Xavier de Maistre, escolhemos o diário de viagens como o melhor suporte para ilustrar o livro. Remexendo as minhas gavetas, encontrei uma caderneta que estava há 25 anos à espera dessa jornada. É um exemplar clássico, portátil – consigo envolve-lo entre os dedos. Costurado à mão, e com uma capa castanha de couro mole, qualquer material é bem-vindo em suas folhas grossas e porosas, próprias para o aquarelado.

Nos cadernos de viagem, as anotações são ligeiras, servem apenas como registro do momento para depois reavivar a memória, afinal o tempo nas viagens é corrido, tem horário para tudo, horário do trem, do avião, horário de visitas. E tem o tempo parado, tempo para contemplar, para conhecer uma nova paisagem, um novo jardim ou uma nova esquina à beira de uma mesa de bar. As lembranças se confundem, os lugares se misturam. Parafraseando o cinema, *fade-in* dos desenhos, *fade-out* das aquarelas, e o caderno de viagem vai se revelando uma experiência atemporal.

Como tudo cabe numa folha branca, os registros de viagens podem ser de diferentes naturezas, e o importante é o que eles carregam de sentido. É um deleite pinçar na paisagem inusitada flores, sementes e folhas exóticas. Ou mesmo dar na folha branca lugar a um simples papel de bala, embalagem de sabonete ou uma passagem de trem.

Assim vou registrando, enfim, a minha breve passagem por este planeta, cheio de ideias e objetos.

CARLA CAFFÉ é professora de desenho, amante do lápis e do cinema – até hoje não sabe direito de qual dos dois gosta mais. Sua preferência é pelo agridoce, mistura fruta com comida salgada, ao gosto da culinária asiática. Tem dois filhos maravilhosos, Tom e Clara, e um parceiro incrível que é o Kiko Farkas. É isso.

Um olhar munido de lupa: a tradução de uma viagem errante
* por *
Debora Fleck

Meu primeiro pouso nesta *Viagem* foi em 2005, durante a pós-graduação em Literatura Brasileira, na PUC-RIO, quando eu começava minha pesquisa para a monografia. Quem me apresentou ao autor destas páginas foi ninguém menos que Brás Cubas, em sua nota ao leitor: "[...] Trata-se, na verdade, de uma obra difusa, na qual eu, Brás Cubas, se adotei a forma livre de um Sterne, ou de um Xavier de Maistre, não sei se lhe meti algumas rabugens de pessimismo." Sob a orientação de uma professora machadianíssima, a querida Bluma W. Vilar, fui atrás de Xavier de Maistre, porque já estava interessada no aspecto digressivo da narrativa do defunto-autor. Depois, no mestrado em Literatura Brasileira na UERJ, continuei seguindo as trilhas de Machado, ainda que com outros contornos. As ressonâncias entre Machado e De Maistre são muitas, como apontadas por diversos críticos, mas me chamava a atenção especialmente o andamento errático do texto, seu padrão ziguezagueante, e também o diálogo com o leitor, permeado sempre de uma ironia muito fina. Na monografia, acabei me debruçando justamente sobre o tema da digressão, e o trabalho saiu intitulado *Viagens digressivas: uma comparação entre* Memórias póstumas *e* Voyage autour de ma chambre.

Nas pesquisas da época, topei com um ótimo texto do Antonio Candido, "À roda do quarto e da vida" (1989), em que ele diz:

> Quando Machado fala em "maneira livre", está pensando em algo praticado por de Maistre: narrativa caprichosa, digressiva, que vai e vem, sai da estrada para tomar atalhos, cultiva o a-propósito, apaga a linha reta, suprime conexões. Ela é facilitada pelo capítulo curto, aparentemente arbitrário, que desmancha a continuidade e permite saltar de uma coisa a outra.

O próprio Machado brinca com essa ideia no capítulo LXXI do *Memórias póstumas*, "O senão do livro", que agora releio para este posfácio:

> [...] o maior defeito deste livro és tu, leitor. Tu tens pressa de envelhecer, e o livro anda devagar; tu amas a narração direta e nutrida, o estilo regular e fluente, e este livro e o meu estilo são como os ébrios, guinam à direita e à esquerda, andam e param, resmungam, urram, gargalham, ameaçam o céu, escorregam e caem...

É impressionante como esse trecho conversa com o que diz o narrador de Xavier de Maistre no capítulo IV da sua *Viagem*:

> [...] muitas vezes atravessarei o quarto ao longo e ao largo, ou até na diagonal, sem seguir regra nem método. — Farei inclusive zigue-zagues e percorrerei todas as linhas geométricas possíveis, se a necessidade o exigir. [...] Não há nada mais

atrativo, a meu ver, que seguir o rastro das próprias ideias, como o caçador persegue a caça, sem se preocupar em seguir nenhuma rota. De modo que, quando viajo no meu quarto, raramente percorro uma linha reta: vou da mesa até um quadro que fica num canto; dali, parto na diagonal em direção à porta; mas, embora minha intenção inicial fosse ir até lá, se topo com minha poltrona no caminho, não penso duas vezes e me acomodo nela na mesma hora.

Se o andar errático, tão evidente e evidenciado em ambos os livros, lembra muito uma espécie de associação livre de ideias, dando uma impressão de aleatoriedade, a verdade é justamente o contrário. Trata-se de autores que mantêm a rédea firme, e a estratégia não passa de encenação, jogo, o que produz efeitos interessantes. Cabe de tudo um pouco nessa *Viagem* que não é *dentro* do quarto e sim *ao redor* dele, de modo que vamos tropeçando nos mais variados tipos de paragem: há trechos de extremo lirismo; tem momentos deliciosamente irônicos, ácidos; estão presentes também os comentários de cunho social, alfinetadas bem dadas que infelizmente se aplicam ainda hoje (e como!); também não ficam de fora as insinuações de teor erótico/sensual, ainda que muito sutis e nada vulgares; outras seções flertam com a filosofia, como quando aparecem a alma e a besta ou no capítulo que apresenta a ideia do espelho moral; e há também os comentários metaficcionais, quando se revela o próprio procedimento da escrita, as engrenagens, o maquinário visto por dentro.

De modo análogo, vou tentar aqui neste curto espaço dar a ver algumas escolhas de tradução que nortearam o meu trabalho, expondo parte desse processo. Quero falar dos principais desafios desta tradução. Como se trata de um livro de 1794, uma armadilha bastante comum é, na tentativa de reproduzir um repertório antigo de linguagem, elevar demais o registro, para além do necessário, subindo o tom do original. Esse foi um cuidado que tive para que o texto não soasse empolado demais (ou empolado de um jeito que o original não é). Nesses casos, nos vemos numa espécie de encruzilhada, que se reflete na escolha de palavras, por exemplo. Palavras muito "jovens", com gosto de contemporâneo, não cabem no texto, claro, mas, por outro lado, eu não queria usar termos pomposos nos pontos em que o original se valia de palavras mais corriqueiras. Espero ter me safado dessa primeira armadilha, sempre presente quando se traduz um texto "antigo". Seguindo a mesma lógica, optei por não usar o "vós" nem o "tu", o que por si só necessariamente faria a tradução subir uns degraus em termos de registro.

Outro ponto que considerei desafiador foi pensar em como reproduzir os diferentes efeitos presentes ao longo da narrativa. Como disse antes, cada paragem parece evocar um efeito diferente, que deveria ser similar também na tradução. Queria destacar um dos momentos em que o texto inspira — pelo menos para mim, como leitora — uma sensação de melancolia, ternura e desamparo; na minha opinião, um dos trechos mais bonitos do livro, em que está tematizada a nossa pequenez diante do mundo. É no capítulo XXI:

> Eu tinha um amigo: a morte o tirou de mim; apoderou-se dele no começo de sua carreira, no momento em que sua amizade tinha se tornado uma necessidade urgente para o meu coração. [...] Vê-lo expirar nos meus braços no momento em que parecia esbanjar saúde; no momento em que nossa ligação se estreitava ainda mais, no sossego e na tranquilidade! — Ah! Nunca irei me conformar! No entanto, sua memória só resta viva em meu coração; ela não existe mais entre aqueles que o cercavam e o substituíram: essa ideia torna ainda mais penoso o sentimento de sua perda. A natureza, indiferente à sorte dos indivíduos, volta a vestir seu brilhante manto primaveril e se enfeita com toda a sua beleza em torno do cemitério onde ele repousa. As árvores se revestem de folhas

e entrelaçam seus galhos; os pássaros cantam sob a folhagem; as moscas produzem seu zumbido entre as flores; tudo respira alegria e vida na morada da morte: — E à noite, enquanto a Lua brilha no céu e eu medito próximo a esse triste recanto, ouço o grilo prosseguir alegremente com seu canto incansável, escondido sob a relva que recobre a tumba silenciosa do meu amigo. A destruição insensível dos seres e todos os infortúnios da humanidade não representam nada no grande todo. — A morte de um homem sensível, que expira em meio a seus amigos desolados, e a de uma borboleta, que o ar frio da manhã faz perecer no cálice de uma flor, são dois eventos semelhantes no curso da natureza. O homem não passa de um fantasma, uma sombra, um vapor que se dissipa no ar...

Acertar o "tom" desse e de vários outros momentos, perseguir esses efeitos tão variados, foi uma das minhas intenções nesse trabalho, e talvez seja mesmo o desafio por excelência da tradução de qualquer obra literária.

Outro desafio, sem dúvida, foram as inúmeras referências ao longo do livro: personagens e lugares históricos, pintores e quadros, cientistas e teorias, obras literárias e seus protagonistas, figuras da mitologia, entre outras tantas. Num livro tão curtinho, as referências são abundantes e variadas. Aqui, junto à editora, optamos por usar as notas de rodapé para que o leitor não ficasse no escuro, mas a leitura pode facilmente fluir sem a consulta a essas notas; que sirvam como apoio, mas que não atrapalhem a fruição do texto.

Por fim, um grande desafio foi pensar sobre a melhor estratégia para lidar com a pontuação idiossincrática usada por De Maistre. Agradeço à Leda Cartum pelas nossas trocas a esse respeito, bem como ao Roberto Jannarelli e à Carolina Leal. Chama a atenção um uso muito próprio do ponto e vírgula, mas principalmente do travessão, um uso bem diferente do que estamos acostumados a ver atualmente no português. A decisão conjunta foi manter a pontuação o mais fiel possível ao original, ainda que possa causar estranhamento ao leitor contemporâneo. É mais um efeito que não queríamos negligenciar ou pasteurizar. Esse uso é tão específico e filiado a uma tradição mais antiga, que acreditamos que não cabia a nós "facilitar" a leitura, desrespeitando a pontuação escolhida pelo autor. Seguimos a lógica da reprodução de um elemento "marcado" do original, como já nos ensinou Paulo Henriques Britto, mencionando, por sua vez, uma ideia de Henri Meschonnic: "traduzir o marcado pelo marcado e o não marcado pelo não marcado" Por "marcado" entende-se aquilo que salta aos olhos, que se destaca como recurso deliberado e, portanto, não deveria se perder na tradução.

Se foram grandes os desafios, enorme foi o prazer de retomar o curso dessa *Viagem*, agora na condição de tradutora. Lá atrás, quando tive meu primeiro contato com o livro, não podia imaginar que, mais de quinze anos depois, voltaria a lê-lo, dessa vez com outro olhar, um olhar munido de lupa. Agradeço o convite da Antofágica, verdadeiro presente para quem já nutria tanta afeição pelo livro. Espero que cada vez mais leitores tenham a chance de mergulhar na obra desse autor injustamente desconhecido de muitos. É admirável que uma *Viagem* traçada num tempo e num lugar tão remotos — há mais de duzentos anos, em Turim — continue nos dizendo tanto.

DEBORA FLECK *é mestre em Literatura Brasileira pela* UERJ *e cursou a Formação de Tradutores da* PUC-RIO *entre 2011 e 2012. Há mais de dez anos traduz e revisa livros do inglês e do francês, de ficção, não ficção e infantis. Desde 2018, conduz pela Pretexto, em parceria com Mariana Serpa, diversas oficinas e cursos voltados ao universo da tradução literária.*

Viagem ao redor
deste livro
* por *
Leda Cartum

Já me deu muito desgosto e consumiu muito do meu tempo observar quantos maus passos o Viajante curioso dá para apreciar lugares e examinar descobertas; as quais, como Sancho Pança disse a Dom Quixote, eles poderiam ter visto sem sair de casa.

(Viagem sentimental, Laurence Sterne*)*

Há muita coisa ao redor do livro *Viagem ao redor do meu quarto*. Acabamos de empreender uma viagem praticamente imóvel — não saímos de dentro do quarto, passamos boa parte da jornada sentados na poltrona e sequer tiramos o roupão. Mas, agora que a leitura deste livrinho terminou, peço desculpas de antemão aos preguiçosos pela proposta que tenho para fazer: gostaria de convidá-lo para nos movermos um pouco mais. Vamos botar pelo menos um casaco e abrir a porta da rua — o que andou acontecendo fora do quarto enquanto a viagem se passava lá dentro? Olhe em volta: vemos edifícios baixos, tons de vinho e marrom, ruas estreitas e a Piazza Castello. Estamos em Turim, no finalzinho do século 18, e há pouco mais de um mês houve um duelo entre dois militares. Façamos agora alguns desvios, uns novos zigue-zagues, para conhecer algo do mundo onde esse quarto se insere.

O mundo aumentando

Duas mesas, seis cadeiras, uma poltrona, uma cama, gravuras e quadros preenchendo as paredes, uma escrivaninha, um espelho, incontáveis livros e lembranças. A viagem de Xavier de Maistre ao redor de seu quarto aconteceu em 1793 e durou quarenta e dois dias. Se, como consta no livro, esse quarto é um quadrilátero com trinta e seis passos de perímetro, a média da distância que

De Maistre percorreu por dia em sua viagem é de 0,86 passos.[1]

Montanhas, pântanos, estepes, corredeiras, mosquitos, falta de oxigênio, picadas de cobra, onças, crocodilos. Poucos anos depois da aventura de Xavier de Maistre, em 1799, o naturalista prussiano Alexander von Humboldt saiu de Berlim para atravessar as Américas e enfrentar tudo isso, na maior e mais famosa viagem de seu tempo. Em cinco anos, Humboldt passou por Venezuela, Colômbia, Cuba, México, Equador e Estados Unidos; percorreu, no total, uma distância de cerca de 9.560 quilômetros.

---

[1]. Essa média foi estabelecida por Susan Pickford, em seu texto "Le voyage excentrique", presente no livro *Le voyage excentrique*. Lyon: ENS Éditions, 2018.

Os séculos 18 e 19 são marcados pelos grandes relatos de viagem. O de Humboldt pelas Américas, com doze volumes, tornou-se o mais conhecido na Europa e a maior influência para novos viajantes. Mas, antes de decidir viajar, Humboldt também foi influenciado pelas leituras que fez e pelos mapas que viu: durante todo o século 18, relatos de todo tipo proliferavam — de viagens reais ou imaginárias. A história de um náufrago que sobrevive sozinho em roupas de pelo de cabra numa ilha deserta, em *Robinson Crusoé* (1719), de Daniel Defoe; aventuras em um arquipélago fictício onde há pessoas minúsculas, ilhas voadoras, cavalos falantes, em *As viagens de Gulliver* (1726), de Jonathan Swift; mas também viagens a lugares que de fato constam nos mapas — diários de bordo como o das *Viagens ao redor do mundo*, que James Cook fez de 1768 a 1779, ou cartas escritas por Johann Wolfgang von Goethe durante a sua *Viagem à Itália*, de 1786 a 1788.

As grandes navegações de duzentos anos antes já tinham revelado continentes novos para os europeus — os oceanos cresceram, a natureza surgiu em cores e formas estranhas, inéditas para quem estava acostumado a poder contar nos dedos as espécies de árvores ou de pássaros de seus países de origem. Cada vez mais, crescia o tédio com o próprio mundo e a ânsia por novos mundos: o desejo de encontrar no céu o Cruzeiro do Sul e outras constelações que não eram visíveis da Europa. Para boa parte da população, que não tinha recursos para empreender uma viagem de grande porte, mas que ainda assim alimentava o mesmo anseio por lugares selvagens e desconhecidos, sobravam os livros.

Xavier de Maistre nasceu no meio disso tudo, em 1763. E teve uma vida cheia de deslocamentos. Com o irmão Joseph, foi uma das primeiras pessoas a voar de balão, quando os meios de transporte aéreos começavam a ser imaginados: passaram pouco mais de meia hora nos ares, olhando do alto as montanhas do sudeste da França. Mas também, por sua formação militar, De Maistre teve de subir picos gelados, dormindo sobre a palha, sempre em alerta aos riscos de um ataque surpresa. Bem diferente do cenário que você acaba de ver neste livro, em que a cama — "móvel encantador", "berço guarnecido de flores" — foi o centro de toda a viagem.

Do lado de fora do quarto, há uma Europa em guerra, que acaba de ser abalada pela Revolução Francesa. Quem não viajava por desejo de conhecer regiões novas, muitas vezes era levado a deixar a própria casa por falta de opção. O mapa-múndi não só aumentava, como via seus contornos mudarem sem parar. Ainda não existia Itália nem Alemanha — o que havia eram reinos e cidades-Estado, que só foram unificados no século 19. A própria Saboia, onde Xavier de Maistre nasceu, era um ducado que pertencia ao Reino da Sardenha, e que só passou a integrar a França com as guerras revolucionárias, depois de um longo período de rivalidades. De Maistre não era, então, exatamente um francês: o crítico Sainte-Beuve diz que a maneira como ele usa a língua francesa, mesmo por escrito, tem um "leve sotaque" que remete ao "pão das montanhas, com seu gosto de sal ou de nozes".[2]

Uma viagem dentro da outra

Foi nesse último terço do século 18, cinco anos depois do nascimento de Xavier de Maistre, que saiu um livro de viagem diferente de todos os outros — que fez sucesso imediato, foi rapidamente traduzido para inúmeras línguas e lido por autores já célebres, como Goethe e Heinrich

---

2. Charles Augustin Sainte-Beuve, "Le comte Xavier de Maistre", *Revue des deux Mondes*, 1839.

Heine. O livro era *Viagem sentimental* (1768), do irlandês Laurence Sterne.

Vamos nos deter um pouco agora em Laurence Sterne: nos zigue-zagues que estamos traçando, esse autor é o que mais nos aproxima do caminho de volta ao quarto onde começamos. Conhecendo um pouco dos livros de Sterne, entendemos melhor de onde e como surgiu a viagem de Xavier de Maistre ao redor de seu quarto.

Não é sem propósito, aliás, que acabo de usar a palavra "zigue-zague" — como De Maistre também usou em seu relato, se você bem se lembrar. Falando essa palavra, estamos ambos com o nome de Sterne no fundo da cabeça. Nessa Europa caótica e mutável, nesse mundo em expansão, surge um autor de movimentos labirínticos, irregulares, aparentemente desordenados. Sterne é o grande mestre dos zigue-zagues. É o que José Paulo Paes, em seu prefácio à edição brasileira do mais conhecido livro de Sterne, *A vida e as opiniões do cavalheiro Tristram Shandy*, chamou de "horror à linha reta":[3] ele nunca vai direto ao ponto, tudo é motivo para um desvio, uma curva, uma nova digressão. Tristram Shandy, com o propósito inicial de narrar a sua vida, quase nunca consegue chegar lá: ele só nasce no terceiro volume de sua suposta autobiografia, e pouquíssimas cenas do livro

---

3. "Onde melhor exemplo do pendor do gênio inglês para a criação das 'belezas irregulares' deploradas por Voltaire do que esse supremo monumento à irregularidade cujo *primo mobile* parece ser o horror à linha reta e a paixão do labirinto?" José Paulo Paes. "Sterne ou o horror à linha reta", prefácio de *A vida e as opiniões do cavalheiro Tristram Shandy*, Laurence Sterne. Trad. José Paulo Paes. São Paulo: Penguin-Companhia, 2022.

incluem Shandy como personagem. Ele é antes de tudo um narrador, cheio de assuntos e opiniões — e um assunto sempre puxa outro, que puxa outro e outro.

> As digressões são incontestavelmente a luz do sol; — são a vida, a alma da leitura; — retirai-as deste livro, por exemplo, — e será melhor se tirardes o livro juntamente com elas; [...] elas trazem a variedade e impedem que a apetência venha a faltar.[4]

Como numa conversa, as associações vão levando a lugares inesperados: muitas vezes vamos parar num assunto sem saber muito bem como é que chegamos lá. Sterne está de fato conversando conosco, declaradamente; ele interpela o leitor a ponto de trazê-lo para dentro do livro,

---

4. Ibid.

convidando-o até a preencher páginas que ficaram em branco ou desenhar a seu gosto o retrato de uma personagem descrita.

Entrando nos livros de Sterne, é como se estivéssemos num edifício em obras: o cimento está fresco, os tijolos se empilham, vemos andaimes por toda a parte (o texto é interrompido constantemente por travessões, de diferentes tamanhos — longos, médios e curtos). São livros em processo, livros abertos. Enquanto viajantes exploravam terras distantes, enquanto os países redefiniam suas formas, Sterne explorava até o limite as engrenagens de seu próprio texto — um texto que não se fixa em ponto nenhum e recusa qualquer definição.

E, a partir da onda dos livros de viagem daquele momento, Sterne faz uma paródia, aproveitando suas anotações durante uma estadia na França: *Viagem sentimental* é o relato de uma viagem real, mas logo de início frustra as expectativas do leitor acostumado com aventuras de náufragos ou de exploradores que desbravam matas e escalam montanhas. No relato das viagens do narrador Yorick, não há sequer pontos turísticos. Da França, vemos ruas insignificantes, a porta de uma cocheira, imbróglios por causa da perda de um passaporte.

É que existe uma outra viagem dentro da primeira: viajamos no próprio texto, pulando de travessão em travessão, passeando em zigue-zagues pelo mundo interior de Yorick. Vemos seus desencontros, paixões súbitas, reflexões esquisitas, e a maneira como ele muda de ideia o tempo todo: "raramente vou ao lugar a que me propus. Antes que chegasse à metade da rua, mudei de opinião [...] sou governado pelas circunstâncias — não posso governá-las".[5] Em certo momento do livro, Yorick se questiona sobre o que leva alguém a viajar, e cria uma lista de categorias dos tipos de viajantes — os Desocupados, os Curiosos, os Mentirosos, os Orgulhosos, os Melancólicos... "E o último de todos (se me permite), o Viajante Sentimental (eu, no caso)."[6]

A lógica do Viajante Sentimental é a seguinte: tudo é interessante se você viaja levando a si mesmo consigo. Se você quer ver o oceano, mas está longe da costa, não

---

5. Laurence Sterne. *Viagem sentimental*. Trad. Luana Ferreira de Freitas. São Paulo: Hedra, 2008.
6. Ibid.

precisa "correr quase 200 quilômetros para fazer a experiência"; ao seu alcance, sem dúvida, você tem um balde d'água. O balde pode não ser tão profundo quanto o mar, mas, no final das contas, água é sempre água — e, como Yorick constata, "a grandiosidade está *mais* na palavra e menos na *coisa*".

A própria existência aumentando

Pode haver prazer mais sedutor que o de expandir a própria existência, ocupando a um só tempo a terra e os céus e dobrando, digamos, o próprio ser? — O desejo eterno do homem, jamais satisfeito, não é ampliar seu poder e suas faculdades, querer estar onde não está, recordar o passado e viver no futuro? — Ele quer comandar exércitos, presidir academias; quer ser idolatrado pelas belas damas; mas, quando possui tudo isso, sente falta então do campo e da tranquilidade e inveja as choupanas dos pastores: seus projetos, suas esperanças fracassam sem trégua diante dos males reais inerentes à natureza humana; ele não sabe como encontrar a felicidade. Um quarto de hora de viagem comigo lhe mostrará o caminho.

Estamos de volta ao quarto de Xavier de Maistre. Você aterrissou direto num trecho do capítulo IX desta *Viagem* — depois de ter desenvolvido a teoria de que todo ser humano é, na verdade, um duplo, composto de uma "alma" e uma "besta", o narrador convida a primeira a viajar sem sair do lugar, expandindo a própria existência.

Por quarenta e dois dias, Xavier de Maistre esteve confinado em seu quarto. Em 1793, depois de ter se envolvido num duelo em Turim com outro militar, foi condenado à prisão domiciliar. E então, no lugar de simplesmente se entregar ao tédio, criou durante esse tempo uma "nova maneira de viajar", deixando a besta — seu próprio corpo — dentro do quarto enquanto leva a alma para colinas, lembranças, reflexões. A alma, como ele demonstra, tem o poder de alcançar pontos muito além de qualquer lugar a que um viajante, por mar ou por terra, poderia chegar: das "profundezas do inferno à última estrela fixa para além da Via Láctea, até os confins do Universo, até as portas do caos". O narrador tem os quadros nas paredes, os livros nas estantes e as memórias como meio de transporte.

Como todo mundo naquela época, De Maistre lia Laurence Sterne. E aproveitou a circunstância de sua condenação para ser ainda mais radical do que *A viagem sentimental*. Parodiando também o estilo em voga dos livros de viagem, De Maistre acrescentou mais uma categoria àquelas de Yorick: o Viajante Sedentário, que tem um roupão como traje e para quem o maior perigo é cair da poltrona. Sob a influência constante de Sterne (a quem o narrador alude explicitamente, ao se comparar com tio Toby, personagem de *Tristram Shandy*), *Viagem ao redor do meu quarto* é também feito de digressões ("atravessarei o quarto [...] sem seguir regra nem método [...] percorrerei todas as linhas geométricas possíveis, se a necessidade o exigir"); também interpela constantemente o leitor (chamando-o de "pudico" ou "sensato") e o convida a participar do livro, acompanhando o narrador até no desjejum; também é composto por capítulos curtos, fragmentários, que criam uma sensação de descontinuidade; é também todo salpicado por travessões pouco convencionais, muitas vezes depois de vírgulas e pontos e vírgulas.

Xavier de Maistre recorre o tempo todo ao vocabulário dos livros de viagem. Ele transporta para dentro de sua confortável prisão um repertório que vem das leituras: "Meu quarto situa-se a quarenta e cinco graus de latitude, segundo os cálculos do padre Beccaria; sua direção vai do nascente ao poente; forma um quadrilátero com trinta e seis passos de perímetro"; "caminhando para o norte, chega-se à minha cama"; "Que não me censurem por ser prolixo nos detalhes, é o costume dos viajantes." Mas, aqui, não há ambientes inóspitos, nem florestas perigosas ou montanhas íngremes; o que vemos são sobretudo as paisagens da própria alma, que se projetam pelos cantos e móveis desse quarto.

Mais do que aquilo que de fato acontece, o que está em jogo é a forma *como* está acontecendo. Nesse manual de viagem, não aprendemos a sobreviver na selva, mas a lidar com o confinamento; para que uma viagem imóvel seja possível, é preciso se desdobrar em dois, criar um descompasso interno. Um dos exemplos que o narrador dá para explicar seu sistema da "alma" e da "besta" é o da leitura desatenta: a besta segue passando os olhos pelas linhas, mas a alma está ausente faz tempo, não acompanha mais nada. Todo mundo já passou por isso e sabe exatamente do que ele está falando. O livro vai explorar esse descompasso e as suas consequências.

No capítulo XII, há apenas duas palavras, em meio a fileiras de pontos. Aqui, a alma se perdeu na imensidão e se ausentou até da função de contar a história ao leitor. As palavras "a colina" emergem de um fluxo intenso de pensamentos, um zigue-zague tão rápido que se torna incomunicável. Nós, leitores, temos de nos contentar com algo que não é mais exatamente texto: o narrador rearranja os recursos da escrita — assim como deslocou o vocabulário da viagem — e pinta uma imagem com palavras e pontos. Logo no capítulo anterior, ele havia citado a lembrança de um passeio por uma "trilha íngreme" com a "amável Rosalie", e decidiu interromper bruscamente o relato: "Se eu for em frente, e o leitor desejar ver o seu fim, que se dirija ao anjo distribuidor de ideias e lhe peça para não mais misturar a imagem dessa colina à massa de pensamentos desconexos que me lança a todo instante." Mas parece que esse anjo acabou distribuindo ideias demais de uma vez só. A besta ficou, perplexa, enquanto a alma se rendia por completo à massa de pensamentos desconexos.

"Metafisicamente falando, [o homem é] uma laranja", diz o personagem de Machado de Assis no conto "O espelho".[7] Uma laranja: feito de duas

---

7. Machado de Assis. *O alienista* e *O espelho*. Rio de Janeiro: Ediouro, 1996.

metades. Machado foi profundamente influenciado tanto por Xavier de Maistre quanto por Laurence Sterne, a ponto de citar esses dois nomes na nota inicial de *Memórias póstumas de Brás Cubas* — um livro que, na esteira dos dois autores, também é composto de capítulos curtos, de um narrador que interpela o leitor e se deixa levar pelas próprias digressões. E, no capítulo LV, o diálogo entre Brás Cubas e Virgília é um pouco como a imagem enigmática cheia de pontos e pouquíssimas palavras de Xavier de Maistre: vemos os nomes dos personagens, mas não sabemos o que eles falam — as várias fileiras de pontinhos, que ocupam o lugar das falas dos personagens, seguem só interrogações ou exclamações. Conhecemos a entonação com que os personagens dialogam, e talvez isso seja mais importante aqui do que de fato o que eles dizem. O livro deixa em aberto: resta ao leitor imaginar.

"Fascinante país da imaginação", diz o narrador de *Viagem ao redor de meu quarto*, "concedido aos homens pelo Ser benévolo por excelência para consolá-los da realidade [...]". O devaneio do último capítulo, logo antes da liberdade ao se cumprirem os quarenta e dois dias de confinamento, é mais um lamento do que um alívio. "Então era para me punir que tinham me relegado ao meu quarto? — A essa região aprazível que abarca todos os bens e as riquezas do mundo?" No maior delírio do livro, o narrador recebe a visita daqueles com quem conviveu através das leituras — nomes como Platão,

Hipócrates, Péricles e Aspásia povoam o quarto. Chegando ao fim dessa viagem, penso que ela é sobretudo um passeio pelo país das influências. Influenciar e ser influenciado: conversas imaginárias com autores que já morreram, mas seguem vivos no texto, e nos abrem para outros tempos: viagens imóveis que fazemos todos os dias.

Viagem ao redor do meu quarto saiu em 1794, o ano seguinte ao episódio da batalha em Turim. Foi um sucesso inesperado para um militar que nunca tinha se visto como escritor. Nos cem anos seguintes, haveria mais de duzentas edições dos livros de Xavier de Maistre só na França. Antes de Machado de Assis, houve uma onda de autores na Europa que, influenciados por essa leitura, realizaram também as próprias viagens atípicas. Saíram inúmeros livros com títulos análogos — viagens ao redor de mil espaços restritos. Viajou-se ao redor de um jardim, de um viaduto, de uma rua a outra em Paris. Um autor anônimo viajou até para dentro dos próprios bolsos.[8]

Já Xavier de Maistre, depois de ter saído do quarto, teve de se mover muito. Em 1798, o exército ao qual servia se dissolveu, e ele perdeu o cargo; sem

---

8. Títulos como *Voyage autour de mon jardin* [Viagem ao redor de meu jardim], de Alphonse Karr (1861); *Voyage autour du viaduc de Nogent-sur-Marne* [Viagem ao redor do viaduto de Nogent-sur-Marne], de Henri Escoffier (1889); *Voyage du nº 43 de la rue Saint-Georges au nº 1 de la rue Laffite* [Viagem do nº 43 da rua Saint-Georges ao nº 1 da rua Laffite], dos irmãos Goncourt (1886) e *Voyage dans mes poches* [Viagem pelos meus bolsos], autor anônimo (1799).

saber para onde ir, sem uma pátria certa e agora também sem emprego, decidiu se mudar para São Petersburgo. Tornou-se pintor. Em uma carta ao irmão, ele desabafa: "Nunca fui tão livre, tão senhor da minha própria vontade; é verdade que estou a 800 léguas de casa, mas, afinal, onde é minha casa?"[9] A resposta para essa pergunta que ele mesmo se faz talvez esteja neste livrinho, que se tornou mais conhecido do que seu autor: a verdadeira casa de Xavier de Maistre deve ter sido neste quarto, a quarenta e cinco graus de latitude, que vai do nascente ao poente, com trinta e seis passos

---

9. Trecho citado por Pierre Dumas no texto "Joseph et Xavier de Maistre", presente na revista *L'histoire en Savoie*, n. 60, dez. 1980.

de perímetro, e onde se cruzam os caminhos do Universo inteiro.

LEDA CARTUM *é mestre em Literatura Francesa pela* USP. *Autora dos livros* As horas do dia *(7Letras, 2012),* O porto *(Iluminuras, 2016) e* Formas feitas no escuro *(Fósforo, 2023). É corroteirista e apresentadora do* Vinte mil léguas – o podcast de ciências e livros, *com Sofia Nestrovski, com quem também publicou o livro* As vinte mil léguas de Charles Darwin – o caminho até a Origem das espécies *(Fósforo, 2022). Oferece semestralmente a oficina de escrita* Viagem ao redor do texto.

Renasceres diários
* por *
Verónica Galíndez

    A folha de rosto da primeira edição de *Viagem ao redor do meu quarto* situa a publicação em Turim, 1794, mas na verdade a obra foi publicada em 1795, em Lausanne. Em vez do nome do autor, lê-se Sr. Cav. X*** *** O.A.S.D.S.M.S. Ao embarcar na narrativa, o leitor está diante de um narrador em primeira pessoa, que evolui em um contexto histórico-geográfico claro: estamos em Turim, ainda cidadela naquela época, em cenário de guerra. Xavier de Maistre é oficial do exército da Sardenha, e a capital da Saboia, de onde é originário, acaba de ser transferida para Turim após a anexação de uma parte de seu território pela França. Se por um lado temos uma narrativa que se enuncia em primeira pessoa, por outro o autor ao qual essa primeira pessoa se refere tem a identidade dissimulada. Assim, em 1795, data da efetiva publicação do livro, não se conhece quem está por trás da sigla misteriosa.

Recordemos que a literatura entretém relações antigas e íntimas com o pseudônimo ou, se preferirmos, com a atribuição autoral. A identidade do primeiro grande aedo, poeta-cantor, da literatura ocidental, Homero, é objeto de debate. Dizer-se autor ou esconder-se atrás de pseudônimos, anagramas ou outros artifícios é uma questão intrínseca à literatura. Até mesmo nos dias de hoje, em pleno século 21, temos livros publicados por pessoas cujas identidades permanecem ocultas ao grande público, despertando curiosidade, estimulando as vendas — os desdobramentos são variados.

O que há de interessante nas letras de expressão francesa do século 18 é que uma reflexão sobre a autoria se introduz nos paratextos literários (título, preâmbulos, prefácios). Cito, a título de exemplo, as advertências editoriais de textos de grande circulação na época: *As ligações perigosas*, de Chordelos de Laclos, e *A nova Heloísa*, de Rousseau. Em ambos, romances que se desenvolvem por meio de troca de cartas, diga-se de passagem, adverte-se o leitor que o texto em questão seria "apenas" uma transcrição, incompleta, de *verdadeiras cartas* transmitidas ao "autor" ou por ele "encontradas". Tais advertências possuem uma função dupla: são "garantias" de verossimilhança, porque seriam "provas" de que essas pessoas e/ou fatos teriam existido, mas também ajudam a construir uma figura de autor, que passa a ser depositário de sensibilidades, experiências, fatos da vida real, e não apenas "médium" de vozes vindas de musas que só eles podem ver. Assim, por trás da sigla enigmática "Sr. Cav. X*** *** O.A.S.D.S.M.S" que assina esta nossa *Viagem*, temos um autor completamente mergulhado em seu tempo, consciente de que precisa tornar anônimas as referências reais. Os asteriscos que acompanham a letra inicial do nome de Xavier são uma prática usual que indica ao leitor uma referência real, mas cuja "identidade" verdadeira deve ser preservada. O leitor de hoje terá, certamente, reconhecido o artifício, empregado até hoje com novas formas tais como a voz alterada de testemunhas na televisão, ou os nomes modificados quando não se pode citar fontes no discurso jornalístico. Mas será que o sujeito por trás dessa figura autoral enigmática é menos presente? Quem se esconde por trás desses asteriscos, dessas siglas, desse *eu*?

Xavier de Maistre, nosso ilustre desconhecido, segue carreira militar (a longa sigla significa Oficial Ao Serviço de Sua

Majestade Sarda), como os demais homens da família. Ele pinta nas horas vagas, participa dos primeiros voos de balão com o irmão, o célebre Joseph de Maistre, político, filósofo, escritor. Sabemos, pelas cartas de Xavier, que foi esse mesmo irmão quem financiou a publicação da *Viagem* sem seu conhecimento. Sempre que escreve em âmbito familiar, Xavier assina suas cartas retomando o apelido familiar, "Ban", um diminutivo dialetal da região onde nasceu e que significa estorninho, um pequeno passarinho preto, mas também "papa-mosca", sonhador, introspectivo. Xavier de Maistre vai parar na Itália, onde se envolve em duelos, geralmente associados a questões financeiras ou amorosas. Nessa época, a era dos duelos na Europa chegava ao fim, mas esses ainda eram "tolerados" se o objetivo fosse salvar a honra. O segundo duelo italiano, do qual sai vencedor (pois mata o oponente), acaba condenando-o a uma pena, branda, de prisão domiciliar de 42 dias (graças às pessoas "influentes" de que fala no capítulo III, ele escapa à prisão militar, que teria sido mais dura e mais longa). É, portanto, nesse momento, que nosso autor/narrador se vê confinado no quarto que ocupa em Turim, e que nossa aventura pode começar, ainda que nada disso fique bem claro no texto. Tudo o que importa é que o narrador se vê obrigado a respeitar uma decisão que lhe parece injusta e que o confina em seu quarto.

Mas escrever é preciso. Partimos para seis semanas de uma incursão que a modernidade não hesitará em chamar de autobiográfica. Afinal, temos um narrador em primeira pessoa, referências externas verificáveis, ingredientes que a crítica definiu, durante um tempo, como essenciais para identificarmos textos autobiográficos. Esses 42 dias de reclusão e de privação de visitas cadenciam a estrutura do livro: um capítulo por dia. Ainda assim, o leitor pôde verificar a presença da cadela Rosine e de um criado, único contato do narrador com o exterior. Do lado de fora está o perigo. Uma guerra que está empurrando as fronteiras da Saboia para o outro lado dos Alpes: a capital da Saboia é transferida de Chambéry, ocupada pela França, para Turim. As monarquias europeias sentem-se profundamente ameaçadas após a Revolução Francesa. São as chamadas Guerras

Revolucionárias Francesas, entre 1791 e 1802. A França declara guerra contra a Áustria e a Prússia e vai invadindo e anexando territórios do leste e avançando nas fronteiras alpinas. Protegido pelos vizinhos desde 1791, o rei Luís XVI é julgado e decapitado em 1793, fazendo crescer a antipatia dos demais países por essa "Revolução". Para completar o cenário "desastroso", é Carnaval. Todo esse entorno de ponta-cabeça parece justificar a introspecção. Mas caminhemos mais devagar. Será que toda introspecção é necessariamente ocasião de escrita, ou toda escrita ocasião de evasão?

Nesse final de século 18, a moda era a literatura de viagem e de aventuras, prática inaugurada com as narrativas oriundas das grandes navegações e que conhece seu apogeu formal na Europa no século 18. Nosso narrador é tributário da *Viagem sentimental na França e na Itália* de Laurence Sterne, assim como de sua obra mais conhecida entre nós, graças a Machado de Assis: *A vida e as opiniões de Tristram Shandy*. Encontramos nos dois o mesmo tom, livre e desenvolto, um estilo que parece fluido, fácil de ler, sem grandes astúcias retóricas ou vocabulário complicado.

No entanto, o leitor deve ter notado a presença de certa melancolia. A melancolia é uma tinta, como sabemos, que sempre rendeu muita literatura — e esta, por sua vez, foi frequentemente vista como um remédio. É em parte graças a ela que este romance vai além das circunstâncias biográficas que, com frequência, limitam nossa leitura a um jogo de equivalências.

Estamos livres para apreciar uma incursão simples, rápida, moderna em sua agilidade, numa subjetividade ao alcance de todos: um capítulo por dia de reclusão. A escrita responderá ao olhar, que se deixa interessar pelos objetos presentes no quarto, ou pelo ruído exterior, ou ainda pelo embate entre o corpo (a besta, o bicho) e a alma. "Penso, logo existo" inaugura uma cisão entre o corpo e a razão na filosofia de Descartes. "Onde está então esse eu se não está nem no corpo nem na alma?", pergunta Pascal alguns anos mais tarde. Esse eu, que se transforma em objeto (*moi*, em francês), vai merecer cada vez mais atenção por parte daqueles que escrevem e do nosso Xavier.

Voltemos ao quarto. Completo e espaçoso, ele será promovido a continente:

um território a ser explorado. Temos longitude, latitude, serviço de bordo, animal de companhia. Os objetos são repletos de sentidos e de histórias. O narrador reflete acerca da pintura quando descreve as tapeçarias que cobrem as paredes — ocasião para defender sua teoria sobre a importância de Rafael Sanzio, célebre pintor do Renascimento. Os móveis também permitem ancorar pensamentos em torno de pessoas, lugares e experiências. Nada disso basta para caracterizar uma "escrita de si". Temos, ou parece que temos, elementos autobiográficos. Porém, a incursão do eu não parece ter como objetivo contar o périplo que o levou até ali. As coisas que nosso narrador observa, as ações típicas da frequentação do quarto que narra, vão construindo uma visão cada vez mais subjetiva da realidade. Trata-se do mundo visto do quarto, ou seja, do seu ponto cego, do espaço da intimidade, do lugar onde se fecham as cortinas, onde se trocam confidências, onde reina a cama: leito de morte e de nascimento, de renasceres diários.

O que chama a atenção no texto se encontra no gatilho. A escrita parece se insurgir contra o imobilismo imposto ao narrador. Sua viagem é *excêntrica* porque baseada no isolamento imóvel e num território já conhecido. Trata-se, em um primeiro momento, de um modo de fazer "passar o tempo", mas também de testemunhar a reclusão, sobreviver a ela. Impossível não evocar, por exemplo, as memórias de Casanova ou da escrita de

Cervantes na prisão. O Marquês de Sade "sobreviveu", graças à escrita, a quarenta anos de reclusão. Mas nada disso nos coloca diante da subjetividade. Estamos falando de memórias mais ou menos fantasiosas, romances e contos de outros tempos, e de uma escrita filosófica (ainda que com personagens), em que as "fronteiras" entre os gêneros (romance, conto, novela, autobiografia, testemunho), tais como as conhecemos hoje, não existiam. Ainda que as categorias não sejam importantes, acabam nos ajudando ou condicionando nossa leitura, nossa maneira de nos relacionarmos com os textos. Uma *viagem* não evoca as mesmas expectativas do que *memórias*. Assim, eventuais "memórias de uma prisão domiciliar por um oficial sardo condenado por duelo" não despertam o mesmo tipo de interesse ou curiosidade que uma "viagem sem sair do próprio quarto".

Nesta *Viagem* de Xavier de Maistre, chama a atenção o caminho que a escrita começa a trilhar entre a condenação e o isolamento do sujeito. Transparece sua necessidade intrínseca de fuga, é claro, mas também um questionamento da injunção literária de percorrer o mundo para descobrir ou compreender o nosso entorno e nós mesmos. O oficial, acostumado aos deslocamentos militares, a lutar nas fronteiras, vê-se obrigado a permanecer imóvel, a viver a guerra de outro modo, ouvindo seus ecos da janela, interpretando-os como desordem ou como inversão carnavalesca. A astúcia por ele encontrada, viajar sem sair do quarto, da cama, da cadeira, sem tirar o pijama, pressupõe atribuir à escrita um papel de deslocamento. Pode-se viajar no tempo graças às lembranças, ao retrato da mulher amada, à evocação de um ruído, às cartas que datam de outros tempos. Pode-se viajar culturalmente graças aos livros lidos. Mas pode-se, também, viajar em si mesmo. Estamos diante de aporias temporais: o sujeito condenado ao imobilismo vive seu presente na tensão entre o passado e o futuro. Santo Agostinho nos deixou uma reflexão filosófica incontornável acerca das relações que mantemos com o tempo e, com ele, da emergência do eu. Com Agostinho compreendemos que esse tempo da reclusão, essa suspensão cronológica, instaura um tempo presente dilatado. Compreendemos que é esse tempo que estabelece as condições para uma viagem da alma, desse nosso eu forjado na escrita e que se torna um personagem capaz de atravessar o tempo.

Em *Viagem ao redor do meu quarto*, o narrador, em primeira pessoa, nos diz iniciar uma exploração metafísica, que chega a chamar de "descoberta". Ele "queima os dedos" ao iniciar sua incursão de escrita, prova de que o corpo está lá. Mas o homem é duplo: há nele uma besta e uma alma. Não se trata de um simples corpo, mas de um bicho, algo mais primitivo, instintivo, selvagem. A besta e a alma são heterogêneas, representam os dois poderes do ser humano: o legislativo e o executivo. A feliz metáfora nos permite apreciar, até hoje, a atualidade do problema. Essa dissociação vai desencadear uma "alma" que pode atravessar as fronteiras sem sair do lugar, que continua a viajar no tempo e no espaço *enquanto* o corpo não sai do quarto. Ou seria apesar de o corpo não sair do quarto?

A partir desse momento, o texto multiplica as dicotomias: temos a alma e a besta, mas também o estado de sonolência matinal, entre o sonho e a realidade, e os ruídos do cotidiano exterior; sonho e subjetividade. É nessa dualidade, nesse movimento pendular, que se encontram mecanismos de subjetividade: o sujeito cindido da psicanálise, a importância desse corpo que sonha e que não controlamos durante o sonho, desse corpo que flerta com a morte a cada noite passada na cama, e sua respectiva narrativa. Ao escrever, o corpo encena a tensão permanente que vivemos entre nossas experiências concretas e o discurso sobre elas, a forma como as contamos aos outros.

Na viagem de Xavier de Maistre encontramos um sujeito que se surpreende com o próprio comportamento social (como no episódio do criado, que está sem dinheiro) e que é capaz de julgar a si mesmo retrospectivamente. Esse movimento *a posteriori*, pela escrita, constrói uma subjetividade. O sujeito está em construção à medida que a escrita avança. Pouco importa aqui saber se o texto foi escrito de uma só vez ou efetivamente em ritmo diário. O que fica é a relação entre o tempo imposto à reclusão e a quantidade de capítulos dedicados à escrita e que permitirão a construção de uma diferença, de uma modificação. Assim, observamos que ainda que cada capítulo represente um dia de reclusão, a narrativa está no passado. O olhar é, portanto, sempre retrospectivo. Além disso, se o deslocamento não pode acontecer no plano físico, a escrita é figurada como uma espécie de arma que permite que a "alma", liberada dos movimentos da "besta", possa se elevar, planar sobre o sujeito, ir além. Essa mesma virtude existe na leitura: os olhos que leem enquanto a alma viaja.

Nosso narrador, sem saber, abriu os caminhos para que diversos autores inaugurassem uma prosa em primeira pessoa, memorialista e autorreflexiva, e viajassem no tempo sem deixar o leito, na reclusão de seus quartos. Hoje, o mundo todo entra nas nossas casas pelas telas do computador e dos telefones. Passamos muito tempo desfilando com os dedos, quase imóveis, imagens de outros que se filmam de dentro de casa. Nos reconhecemos e nos identificamos com alguns, rejeitamos outros, vamos nos construindo assim. Nós também viajamos sem sair muito do lugar. No entanto, que importância damos a nossa construção de subjetividade? Essa é uma das questões que continuam mobilizando a literatura. E parece que estamos longe de esgotá-la.

VERÓNICA GALÍNDEZ *é doutora em Literatura Francesa e tradutora, especialista em manuscritos de escritores. Numa primeira vida foi professora de literatura na Universidade de São Paulo e atualmente é professora de língua e literatura francesas na França, onde reside.*

Dados Internacionais de Catalogação na Publicação (CIP)

M231v
Maistre, Xavier de
Viagem ao redor do meu quarto / Xavier de Maistre ; traduzido por Debora Fleck ; ilustrado por Carla Caffé. – Rio de Janeiro : Antofágica, 2023.
376 p. : il. ; 12 x 18 cm

Título original: Voyage autour de ma chambre
Textos de Camila Fremder, Leda Cartum, Verónica Galíndez e Debora Fleck
ISBN: 978-65-86490-76-3

1. Literatura francesa. I. Fleck, Debora. II. Caffé, Carla. III. Título.

CDD: 843   CDU: 821.133.1

André Queiroz – CRB 4/2242

Todos os direitos desta edição reservados à

Antofágica
prefeitura@antofagica.com.br
instagram.com/antofagica
youtube.com/antofagica
Rio de Janeiro — RJ

1ª edição, 2023.

**NO BAR DO AMADEO, PEÇA O MARTINI DO
MAISTRE PARA VIAJAR SEM SAIR DO LUGAR**

Estes pensamentos tortos foram impressos em linhas retas pela Ipsis Gráfica, que manchou com a tinta da melancolia o Pólen Soft 80g em dezembro de 2022.